No. 27

文化組織

文化組織　三月號

行動半徑（主張）……吉田一穂（四）
人間修業（小説）……熊岡初彌（七）
路程標（小説）……赤木健介（六二）
詩論……小野十三郎（四五）

詩

淺春記……金谷丁…（五三）

朝……宮崎讓…（五六）

史蹟について……倉橋顯吉…（五八）

書評

『夜の機關車』について……金子光晴…（五二）

『黑潮回歸』を讀む……岡本潤…（六〇）

後記……（八〇）

表紙……内田巖

扉・カット……中野秀人

主張

行動半徑

木曾の山奧といへば、もはやそこは南アルプスの連亙の一端であらう。この日本の脊梁を成す大山塊の一突角に、鷲が巣を營んでゐることも、別に不思議ではない。時に杣たちがその斷崖の下で、魚の骨の散らばつてゐるのを發見する。だがよく見ると、このあたりの山奧では喉を鳴らす程の海の魚である。川魚どころか、鯛の骨すら見受ける。秘密は何んの事もない。脊梁山脈の高峯から望むがままに、日本海も太平洋も、鷲の巨翼をもつてすれば、左右自在の漁場にすぎない。しばしは富山灣の鯛が山巓の晩餐に供せられるのである。

如何に勇敢な突撃の歩兵部隊も、空翔ける戰鬪機の鳥瞰からすれば匐ふもの《ラパン》にすぎないと、聽いたことがある。今では海と空と陸の三次元空間の立體戰であるといふ。

人口の稠密な、都心までの距離の長さ、この世界的都市に住んでゐる我々の生活空間といふものは決して窄くはない筈である。だがこれ程の人家雜閙の巷に、私は毎朝、郊外から殆ど一直線に、一建物の一部屋に通つては、人口數から%も出ない程の人間と會ふ。驚の行動圈を羨むのでも、また己れの交渉人數、知人の少なきを託つのでもない。機械化してゆく勞働は耐えるとしても、都心から餌を獲つてゆくといふ行動の唯一の類似性だけでは、いささかもがまんならないものがある。

夜半に目を醒すと、枕元に青く月光がさしてゐる。あの下弦の月の沈む下で、世紀的な大戰爭が行はれてゐるなどとは思はれない程の美しさであり、靜かさである。しかしこの世の中で人間が作つたもののうち最大な魅力をもつものは武器であらう。性の本能と、近代的武器の魅力が、行動の根元に秘密な力として常に作用してゐるとしたら、行動とはそも如何なるものだらう。時計を見ると零時二十分を指してゐる。文字盤を縱にして見ても、橫に見ると同樣、この四次元「時間」は平面の上で、手旗信號のやうに、次ぎ次ぎと新しい角度を描いてゆく。

空間とは何んだ？ 私はいささか腹がたつてきて、そのまゝ眼をとぢた。混沌が渦まく。各人、その偶然に置かれた立場を行動の中心點として、各樣の行動半徑を描く。位置を移すと、またそこでも周圍を掻きまはして、瀘過波のやうに、お互への波紋をくづさない程度の「秩序」ある社會を組織し合ふ。私は闇の中で世界地圖をおもひ浮べる。この一枚のマップは、人間の行動に關する限り、無限と同意義の荒唐無稽さを感じさせる。空に伸びても海に擴がつても、行動半徑は常に平面だ。况や行動の美しさはフォルムの美しさにすぎない。

垂直に截らねばならない、これらの平面な行動空間を。それにはたつた一つ我々に殘されたものがある。考へること！

（吉田一穗）

人間修業

熊岡初彌

一

夏の日の爽々しい朝のこと、成瀬家では食後、一合の牛乳が英國風の大きな丸テーブルの眞中に出された。みんなでそれに食パンをひたして食べようといふのである。息子の敬一は棄權して次の間へ煙草をふかしに立つた。一合の牛乳でも近頃では、その家に病人か姙婦か幼兒がある證明がなくてはなかなか手にはいらなかつた。この家では息子の嫁が姙娠してゐたのである。そこで舅の敬造と姑の勝子と嫁の花枝がパンに牛乳をつけて食べ始めた。

「花枝さんは」と主人の敬造は指に毛の生えた蒼白いむくんだ手を牛乳の方に伸ばしながら言つた、「姙娠してるんだから」と、彼はミルクをいつぱい含ませたパン切れを口の中に入れて續けた、「大いに榮養をとらなきやいけませんよ」

敬造は冷たいミルクの氣持よく泌み出て來るパンを嚙んだ。

「わたしも」と姑の勝子は先のすり減つたやうな小さい働き者の手を牛乳の方に伸ばし、「外米だとご飯が少ししか食べられないから」とちよつと言ひわけのやうに言つて、總義歯《いれば》の顎で牛乳パンを嚙みしめた。

嫁の花枝は細い眼でなんとなく舅姑の顔を見較べ見較べ、白いふつくりした綺麗な手を伸ばして、少し遠目に置いてある牛乳の容れ物にパンをひたし、それを下顎で受けとめるやうにして大きな舌の上に載せ、食道をつたつて滴り流れる冷たい牛乳にうつとりと眼をつぶつた。

「元來これは」と舅の敬造は妻の勝子が手を出さうとする出鼻を挫くやうに、「花枝さんに配給された牛乳ですね」といつて、自ら稍ゝ小さいパンのかけらを牛乳につけた。

「これはね」と勝子はそれにめげずに矢張り少し小形のパン切れを牛乳にひたしながら、「浪子がお醫者さんの證明を戴いて配給して貰つた牛乳なんですよ」と答へて、口の中でミルクを搾つた。浪子といふのは年の初め或る人に嫁いで、現在、中目黑に一軒構へてゐるこの家の娘のことであつた。

「だがね」と敬造はまたもや妻の勝子が手を出さうとする瞬間を狙つて、「中目黑でも配給になつたんだから」と押へ、自分は相變らずミルクに手を伸ばし、「この牛乳は花枝さんに配給されたもんといつてい〻ですよ」といつて、牛乳パンを大きな顎でむしや〳〵咀嚼した。

嫁の花枝は舅の敬造がミルクにパンをひたしてゐるあひだ、パン切れを持つた長い手を容れ物のそばに休めてゐたが、濟むや否や、順番を狂はせまいと急いで自分のパンをつけた。

姑の勝子はもう自分の番が廻つて來ても手を出さうとしなかつた。

「これは」と主人の敬造は一向無頓着に、つけ殘つたミルクの容れ物をひき寄せながら、「ほかの人が大かた平らげてしまひましたね」と言つて殘りの三分の一を飲み下し、それを妻の勝子に廻はした。と、それに對して

「わたしはいりません」

といふ甲高い返事が聞えたので、彼は初めて妻のひき吊つた黒い顔を見返へつた。

「なぜだ」

と敬造は、青筋の浮いた妻の顳を見つめながら努めて聲を抑へて訊いた。

「飲みたくない、もう飲みたくなくなりました」

と勝子は表情を强ばらせ、妙にかすれた聲で答へた。

「ふん」と主人は鼻白んで、いつたん差出したミルクの容れ物を今度は嫁の花枝の方に向け
「ぢや花枝さん、あんたおあがんなさい」と言つた。

花枝は先程から容れ物の行方を細い眼で追つてゐたが、舅にさうすゝめられると、嬉しさうに頷き頷き白い長い手でミルクを受取つて、一口がぶりとやつた。

と、その瞬間、いよいよ我慢しかねた姑の勝子がガタ〳〵と亂暴に椅子を押しのけて立つて行つた。主人は初め呆氣にとられて立去る妻の骨張つた背中を見送つてゐたが、軈て氣をとり直すと
「なんだ、その態度は!」

と家臺を震撼させるやうな聲で吸鳴つた。それで嫁の花枝はびく〳〵つと軀を痙攣させ、ひどい斜視に陥りながら、今や喉を通過しかけてゐた牛乳を元に戻し、手早く容れ物を自分の前に置いた。

主婦の勝子は階段を踏み鳴らして二階に上つて行つた。主人の敬造はそのまゝ不機嫌さうに凝つとテーブルを見つめてゐたが、嫁の前にミルクが殘してあるのを見つけると、遽かに父親らしい表情をつくつて

「さあ、あんた、おあがんなさい。そして姙娠してるんだから、うんと榮養をつけなきやいけませんよ」

とすゝめた。しかし今や嫁の花枝は泣きさうな顏に強ひて愛嬌笑ひを浮べて
「いゝえ〳〵、わたしはもう結構でございます」

と、上體を退くやうにさへしながら舅のすゝめを固辭して、自分の前にある泡《あぶく》の浮いた牛乳から眼を離さなかつた。

「お母さんにも困つたもんですねえ」

と主人の敬造は、主として隣の息子に賛成を求める積りで言ひながら、牛乳の殘りを手にとると、太い喉をごくごく鳴らして、底に沈んでゐるパン屑ごと殘らず綺麗に飲み干してしまつた。

折しも蟬が徐々にジージーと鳴き始めた。

二

朝出かける前、總ての勤人が不機嫌になるやうに、成瀨家の主人の敬造もそれ相當の理由でとかく會社へ行き澁つた。おまけに彼の周圍の總てがいち〳〵敬造の不機嫌に拍車をかけるのである……

妻の勝子は先ほど腹を立てゝ二階に上つたまゝ降りて來ない。きつとあの、骨に皮を張りつけたやうな額に血管を怒張させて、ベッドの上に寢そべつてゐるに違ひない。

女中のお染も勝子と同時に自分の三疊の間に引揚げて顏を見せない。例のごとく勝子の眞似をして、女中部屋の眞中に大の字なりに寢そべつてふくれてゐるのだらう。

まだこの家の事情に疎い嫁の花枝ひとり、勝手元で朝食の後片附に從事してゐた。彼女はふつくりした白い手を、まる

で熱湯か汚水の中に入れるやうに恐る恐る洗ひ桶の中につゝこみ、人差指と拇指で中の茶碗を一箇づゝ摘み出して、それを一箇につき十分の割で拭いてゐた。

小玄關のところで、カイゼル髭を生やした下男の內野と、買物籠を振り廻はしながら買出の下相談をしてゐるのは息子の敬一であつた。

「なんにでも氣がつく癖に何一つ爲し遂げることの出來ない男だ」

と敬造は窓硝子越しに息子の薄手な顳のあたりを眺めつゝ、やり切れない氣持で獨りごちた。大學も出してやつた、嫁も貰つてやつた、家も持たせてやつた、するともう半歲も經たないうちに漠然とした理由で役所をやめ、嫁と一緒に彼の家に轉がりこんで來た……

朝、敬造は自分の周圍にかくも多くの不如意を見なければならなかつた。しかもそれらの總てを擔つてゐるのが唯一つ彼の不愉快な、至極當てにならない會社勤めであつた。敬造は今更ながらそれを痛感した。

「水！」

と突然彼は一町四方に聞えるやうな大聲で呶鳴つた。それは〈ご主人が水を要求してゐらつしやるぞ！〉といふ意味であつた。しかし妻がゐる筈の二階の寢室も、女中部屋さへもしんと靜まりかへつてゐた。勝手元では急に茶碗を洗ふ音が大きくなつた。嫁の花枝には或る程度以上に大きい聲は聞えないのであつた。さういふとき、彼女は聲の大きさの方により多く注意を奪はれてしまつて、その意味の方は了解しない。大聲が響いて來ると、花枝はびく〳〵と軀を痙攣させてひどい斜視に陷りながら

「今のは何處だ、何ごとだ」

としきりに考へ廻らす。とゞのつまり何一つ理解しない。

主人の敬造は暫く自分の聲の反響に耳をすませてゐるうちに、次第に淋しくなつて來たので「主人の俺をもつと大切にしろ、稼ぎ手の俺を。いくら俺が丈夫だからつて、ひよつくり死なないとも限らないんだぞ」と應接間の壁に呟きかけた。と同時に、彼は自分の淨化された壯嚴で悲壯な葬儀の場面を腦裡に思ひ描いた。五十年代の人が皆さうであるやうに、敬造も自分の死を極度に忌み恐れた結果、それまでに到る途中を省略して、死といふものを直ちに壯嚴悲壯な自分の葬儀の模様に結びつけて考へた。今も彼は參列の人々が擔ぎ出される自分の寢棺を見て

「おゝ曾つての偉大なる長官よ、優しかりし夫よ、慈愛に富める父よ、敏腕なりし……いや、善良なりし顧問よ」

と思ふだらうと考へて、我れと自ら涙ぐんだ。

軈て敬造は眼のうちを眞赤にして、誰にも見送られずに玄關を出ると、綺麗に禿げた丸い頭にカン〳〵帽をのせ、短い足で大股に植込を拔けて出掛けて行つた。そのあひだぢゆう彼は胸の中で

「どうせ死ぬなら櫻の下よ、死んだ屍に花が散る」

といふ自分の辭世を愛撫し續けた。

三

主婦の勝子が腹を立てゝ二階の寢室にひつこんでしまふと、成瀬家の家事はいつさい停滯する。今年十七になる女中のお染は勝子の非常に敏感なバロメーターであつた。家の者はお染の言行から、主婦のその日の感情の方向を明瞭に見て取ることが出來た。そこで嫁の花枝は恐る恐る女中部屋の外から

「お染ちやん、洗濯物が溜つてますよ」

と聲をかけて見た。と、まだその聲が響きもやらないうちに

「私は强情ですからね、さう思つて諦めて下さい！」

といふ頑とした返事が閉つた扉の中から投げ返へされた。花枝はドキリとして終りの方の言葉を喉の奥に呑みこみながら眼の玉を寄せて一歩後退りする。そして何の目算もなく徒らに女中部屋の前をうろ〳〵して、拇指の爪を噛んだり、そのへんの蠅をさもうるさそうに長い手で追拂つたりする。

息子の敬一は下男の內野を連れてその日の買出しに出かける。近頃では、うつかり時を過すと、何も買へなくなつてしまつた。內野は尖つた頭に主人のお古のカン〳〵帽をのせ、その下から鋭い眼と大きな大將髭を覗かせて、派手な買物籠を振り振り敬一の後から大股について行つた。

「あんた、やはり菓子屋に立つてくれましえんか」

と街角まで來たとき、內野は立ちどまつて切目の長い吊り氣味の眼に恐怖の色を顯はしながら敬一に賴んだ。彼は交番の近くにある菓子屋の前の行列に並ぶのを、普段から餘り好んでゐなかつた。

別れて次の街角に消える敬一を見送ると、內野は二つの買物籠を兩脇に抱え、急いで傍らの薄暗い市場の雜踏の中に紛れこんだ。

內野信次郎はたゞの下男ではなかつた。彼は成瀨家に住みこんでゐない。〈通ひ〉である。併し何處から通つて來るかとなると、それは一定してゐなかつた。昨晚は新築の貸家に泊つたと言つて一家の者に威張つてゐた。元々、放浪者であつたが、何年も前から時折、成瀨家に寄つて飯を食べさせて貰つてゐるうちに、次第に一家の者と親しくなり、最近では

この家に終生住込むことを望んでゐた。成瀬家の人々も信次郎の純な氣心を知つてゐたので、人手の足りない際、彼を置いてもいゝとは思つてゐたが、第一に彼を置く部屋がなかつたし、それに彼が依然として自分を東洋のナポレオンだと信じこんでゐる點にも多少の不安が感じられるしするので、晝間働かして夜歸すことにしてゐた。夕食をすまして一と休みした頃、このナポレオンこと内野信次郎は家の者から、もうお歸りと言はれる。すると信次郎は急に宿無犬が追ひ拂はれたときのやうな淋しさうな眼つきをする。

「ぢや私そろ／＼お暇しませうかな」

と彼は暫くたつてから、まるで先ほど〈お歸り〉と言はれなかつたやうな顔をして自發的に言ふ。そしてまだ女中のお染をつかまへて、今晩これから湯にはいつてカツロウ（活動）を見に行くんだとか、頭を刈つてさつぱりするんだとか、成るたけ恒産のある人のやうに無駄話をしてぐづ／＼してゐる。たうとう誰からも相手にされなくなると、愈々

「ぢや、ご馳走さまでした、明日は早くから來ます」

と勝手口から奥のみんなに聞えるやうに大きい聲で言つて歸つて行く。しかしまだ門口のところで叮嚀にクロの頭を撫でゝ行くことを忘れない。明日の朝早く來たときに吠えないで貰ふためである。それから素早く左右を見廻はして、人影のないところを見すまし、闇の濃い右の方へ、坂を下つて行く。

彼はその瞬間から敵中を征くスパイの身の上になる。警官に誰何されたが最後である。逃げるのは東洋のナポレオンとしての威信にかゝはつた。彼の奇怪な言行は（また彼はさういふときに限つて常識以上のことを口走つたり、不審を起させるやうな振舞に出たりしてしまふのであるが）きつと彼にとつて決定的な不祥事を招來する。これまでも一度それがために福岡の實兄の手元に送還されたことがある。さうなるとまた兄のザシキドウ（座敷牢）を五寸釘で破つて、漁師に五

拾錢やつて海峽を渡して貰ひ、駒下駄を三足はき減らして一つ一つの駐在、交番、警察を迂廻しながら遙々三百里の道を知己の多い東京まで歩いて來なければならない。それは絶對に彼の好むところではなかつた。從つて成瀬家の敷地から一歩足を踏み出した彼は、周圍の總ゆる氣配に極度の注意を拂ふ必要があつた。宵のうちこそ彼も何氣ない顏をして何處かの錢湯の湯舟につかつてゐるかも知れない。また、近所の活動寫眞館の薄闇の中に紛れて、のしいかを嚙り〳〵持前の鋭い眼を映寫幕に注いでゐることもあるだらう。或ひはまた、正氣の客を眞似て眼をつぶりながら散髮臺に腰掛け、尖つた頭に鋏を當てさせたり、麻繩のやうなカイゼル髭にチックを塗つて貰つたりすることも出來る。しかしさういふ周圍の總ての人々が塒に歸つてしまつた後は、最早カムフラーヂュのしやうがない。彼はたゞに警官ばかりでなく、犬猫の類ひからさへ注目さるべく、唯一人闇の中にとり殘される。長年の經驗から信次郎は人々の散り去るのを待たない。少し早い目に地理的條件のいゝ、つまりいち早く人の接近を感知し得る新築中の空家とか神社佛閣とかを捜し出して、不安の多い一夜の宿ときめる。

彼は午前の三時ごろ目を覺ます。ちよつともうひと眠りしようかと思ふが、この前それで巡査に摑まりかけたことがあるのを思ひ出して、思ひ切つて起き上る。闇の中に紛れ出た信次郎は成瀬家の周りを歩いたり、うさん臭さうに、しかし吠えずについて來るクロの蚤を取つてやつたりする。そのうちに、曉の明星が輝き始め、それからまた暫くすると、女中のお染ちやんがくしやくしやになつたオカッパの頭を搔きながら寢呆けた眼をして勝手口を開ける。彼はそれを見て初めてほつとする。そして今日もこれでやつと自分の安全な下男生活を始めることが出來たと思ふ。

四

敬一と信次郎は勝手元の板の間に買物を並べて釣錢と照し合してゐた。信次郎の二つの買物籠から出された食料品は夥しい數と量を算へた。彼はいつも買ひ過ぎた。それを主婦の勝子に窘められると、きまつて

「でも奧さん、買ひ溜めしといた方がえゝよ。もうぢきじえん〳〵買へなくなるからな」

と信次郎は言ひ譯した。それがコロッケのやうなものゝときでも彼は頑としてさう主張した。その代り女中などでは到底手にはいらないやうなものを彼は大きなカイゼル髭と鋭い眼のドスを利かせて易々と買ひ集めて來た。

勝子はどうやら氣分がおさまつたらしく、風呂場でお染を相手に猛烈な勢ひで冬物の洗濯をしてゐた。敬一の妻の花枝はかうしたとき、幾分ふくらみかけたお腹をつき出すやうにして、徒らにその圍りをうろ〳〵する。

「冬物がなんにもしてないんでね」

と勝子は洗濯の手を休めずに、勝手元で買物を並べてゐる息子に言つた。

「氣がせいてぢつとしてゐられないの」

敬一は買物の計算に熱中してゐる振りを裝つてとり合はない。すると所在なげに姑の後ろで〈休め〉の姿勢をとつて立つてゐた花枝が夫に代つて

「あゝ、えゝ」

と大きく頷きながら慌てゝ返事をする。といつて、彼女に姑の言つたことが分つたわけではない。花枝には夏、冬物の話をすることからして合點が行かない。寒くなつたら袷を出して着るまでだと思つてゐる。まして姑の言葉の裏の意味が

「わたしも年とつたから、冬物の仕度なんか誰かさんに委せて置くことが出來たら、安心して休んでゐるんだが」

といふことに到つては想像することすら出來ない。

「お父さんたら、どうしてあゝ私をいぢめつけるやうになさるんだらうねえ」

と勝子はまた暫くして今朝ほどの自分を辯解するやうに言つた。

「自分は意地きたない癖に親切顏がしたいもんだから、あんな嫌なことをおつしやるんだよ」

敬一はこれにも取り合はなかつた。花枝は如何にも恐縮したやうに、姑の後ろで返事の代りに足を踏みかへた。

「奥さん」

と、そのときまで板の間に散らばつた小さいアルミの一錢玉を、節くれ立つた太い指で拾ひ集めるのに腐心してゐた信次郎が話に割つてはいつた。

「あんたあ少し休養した方がえゝよ。山にはいつてしいいいにんしいえいかつ（仙人生活）をやるとえゝ。奥さんはいま、少し氣が立つとるからな」

「ぢやあんたあ氣が立つとらんの」

と勝子はじやぶ〳〵やりながら元氣な廣島訛でそれに應じた。

「いや、わたしも少し氣が立つとる。さつき市場に行つたら、お向ひの金子さんとこのおまつさんが、肉屋の主人と連絡しとるのを見たよ。ほんにゆらいん出けんな。わたしもいつ逮捕されんとも限らん」

と信次郎のナポレオンは次第に語氣を荒らげ、眼を光らせながら言つた。しかしふと敬一の警告を與へるやうな眼つきに行き遇ふと、一つ瞬きして前の續きに戻り
「だから蜜からちよつと自轉車に乘らしてくれると助かるがなあ」

と結んだ。おまつさんは信次郎の崇拜してゐる色の白い肥つた女中であつた。いつかも彼が道でおまつさんを摑へて、

「ナ」といふ字はナポレオンのナだから以後口にしないやうに氣をつけてくれと賴んだところ、彼女は突然身をこゞめてあたりの人が振り向くやうな大聲で「ナナナナナ……」と續けさまに言つたので、信次郎は思はず耳を塞がずにはゐられなかつたと、後で憤慨してゐたことがある。

「あんたあ、また鎌倉の方まで行つて晩になつても戻つて來んのぢやらう」

と勝子がこの前のことを揶揄つて言つた。信次郎は歩行の到底及びもつかない、しかもどんな小路でも自由自在に走り廻はれる自轉車の快味を、最近敬一の自轉車で習ひ覺えたのである。

「いや、今日はきつと四時半までに戻つとります」

と信次郎は眼をつぶつて誓ふと

「自轉車に乘るにはじえつしよく（絶食）しとつた方がえゝがなあ」

と言ひながら見る間に傍らのお鉢から五六膳の飯を平らげ、すむと早速裏へ廻つて、敬一の自轉車に油を注いだり磨きをかけたりし始めた。

五

敬一は晝食後、家の前の坂を下つて齒醫者に出かけて行つた。別に痛む齒があるわけではなかつたが、たゞさうしてその齒醫者に漫然と通つてゐると、彼の現在の摑みどころのない不安な氣持が幾分落着いたのである。

敬一はこれまでの二年間、或る三流官廳に勤めてゐた。二年目の初めに花枝と結婚して一軒を構へ、其處から毎日役所に通つた。

彼は結婚前と同じやうに或る上役の參考のために日に二十枚の飜譯を續けた。家計の足りないところは夜家に歸つてからの譯飜で補つた。それが半歳續いた。その間に少しの向上も變化さへも認められなかつた。敬一の飜譯は一向上役を悧巧にしなかつた。上役である判任官は敬一の差出す原稿を受取ると
「はゝあ、出來やんしたね」

といつてパラ〳〵と頁をめくり
「大分參考になりさうぢやな」

と呟いてその原稿を傍らの重要書類函に入れる。

「ピシン」

と書類函が掛けられる度に、敬一は恰も自分が突然厚い扉の中に閉ぢこめられたやうな驚愕と憤懣と焦躁とを感じた。その原稿はもう永久的に陽の目を見ないのだ。

「無駄だ！」

と敬一は呟く。彼は何故飜譯をさせられるのだらう。飜譯がその課の業務として規定に載つてゐるからに過ぎない。判任官は業務規定にのつとつて逐一それを實行してゐさへすればいゝのだ。

敬一がさう思つて觀察して見ると、この根本氣風は役所の隅々にまで行き亘つてゐた。

「さあ今日は大變だぞお！」

と上等兵上りの吉田雇員は毎月曜の朝、さう叫んで部屋に這入つて來た。彼はこの役所に來て直ぐ周圍の習慣になじんで、それを毫末も疑はなかつたので、上役から模範雇員の折紙をつけられてゐた。

上等兵はすぐ上衣を脱いで舌なめずりしながら「業務週報」に記入し始めた。それは前の週、その課で行つた業務を箇條書きに列記する仕事であつた。

「えゝと、月曜は何したつけなあ――」

と聽て彼はペン軸をくわへ、空《くう》を睨んで呟く。そして思ひ當らないと

「おい、足利公爵！　あんたは何をやりました」

と、公爵の血續きであるといふ上品な顏をした男にペン軸の先を向ける。公爵と呼ばれた男は、それまで給仕の運んで來た薄いお茶を飲みながら、殆どブランクに近い澄んだ大きな眼で窓外を眺めてゐたが

「おう、わしやいつもの通りぢや」

と答へて、また外を眺め始める。彼の仕事といふのは十幾つかの新聞に眼を通して、役所に必要な記事を切抜きすることであつた。尤もその記事たるや、この役所そのものが社會に關係の薄いためか或は公爵の怠慢のせいか、十日に一枚も切り拔かれなかつたが……

上等兵はやつといつもの調子をとり戻して首をひねり〳〵業務週報を記し始めた。敬一の欄には海外情報飜譯と書かれた。雜誌を扱つてゐる文學青年の塚田筆生の業務としては「國內一般情報」と記入された。なほ餘白のところに、其他業務平常通りと書き添へられた。

その一業務週報」は課附判任官閲覽の上、給仕によつて庶務に廻はされ、其處で庶務掛、庶務課長、總務部長、部長の印が順に取られると、また庶務掛に戻され、各課から集められた他の業務週報と共に一年間保存され、年度末に燒却場で掛判任官立ち會ひの元に燒却される。これが敬一のゐた二年間、規定どほりに實施された。

月曜には上等兵の仕事がもう一つあつた。「消耗品の實績表」を書くのである。これは彼にも自分一人で出來た。ざら紙、美濃半紙、模造紙、兩面罫紙、毛筆、鉛筆、墨汁、消ゴム等々の欄に、前週の使用實績と殘高をいゝ加減に記入すればよかつたからだ。元來この實績表は消耗品節約の趣旨から出たものであつたが、實際は却てその趣旨に反した結果を招いた。若し使用量を先々週より減らして書きでもしようものなら、次の週からその課の割當量が削られたばかりか、ひいては課の成績如何にかゝはつた。消耗品の使用量が少い課は、それだけ仕事をしてゐないと見做される傾向があつたのだ。

そこで月々多量の消耗品が餘つて行く筈であつた。ところが檢査日に當る月末に上等兵の後ろの消耗品戸棚を覗いて見ると、ちやうど實績表通りの零に近い量しか殘つてゐない。恐らくそれは紙一枚、筆一本、實績表の數と違つてゐなかつたらう。

上等兵は殘餘をどう仕末したのだらう。こゝでも彼の模範雇員振りが發揮せられた。彼は決して官のものを盗んで私用に供するやうな人間ではなかつた、時にはザラ紙の一帖もポケットに入れて歸ることはあるが、それは無意識のうちである。少くとも無意識裡といつていゝほどの量である。その餘は役所にゐる間に消費した……かうして消費實績は表の數字と辻褄を合はされた。

愈々その週の業務が開始された。公爵は盛に新聞をめくる。彼は十幾つかの新聞小説の續きに眼を通すと——ために公爵は小説の筋が全然分らなくなつてしまつたのであつたが——新聞を前に擴げたまゝ居眠りにかゝる。しかしその居眠りは實に洗練されてゐた。一定の時間（十分位）を置いて、彼の前の新聞が徐ろにめくられたのである。判任官の席から見たのでは、どうしても公爵が起きてゐるとしか思はれなかつた。

「こりや五年以上役所に勤めんと出來ん藝當ですわい」

といつて公爵はいつか判任官のゐないとき、澄んだ大きな眼に嗤ひを浮べて、敬一に居眠りの秘訣を傳授した。

塚田筆生は小學生のやうに机の上に蔽ひかぶさつて、いかにも樂しさうに字を書く。彼はさうやつて一日ぢゆう雜誌の中の氣に入つた俳句を原稿用紙に寫し取つてゐる。

「業務週報」と「消耗品の實績表」を庶務に提出して來た上等兵の吉田雇員は、もう殆ど絕對的に仕事がない。そこで彼は至極大つぴらに鄕里へ出す手紙を書きにかゝる。彼は半頁書くのに十枚の下書を無駄にしながら、少し頭のいゝ小學生なら五六行で書いてしまふ內容のことを、ねち〳〵した東北辯で綿々と十枚にも亙つてしたゝめる。彼はそれを日に五六通書かなければならないほどの暇を持つてゐる。

課附判任官はこれらのことを全部承知してゐた。だが彼は少しも驚かない。これまでもさうやつて來た。これからもさうやつて行つて少しも差閊へないことを彼はちやんと心得てゐた。規定に違はず遲參缺勤がなければ、彼は年二圓の昇給と既定額の賞與とを期して待つことが出來た。またそれを續けてゐれば老後も間違ひなかつた。といつて偶々彼に才能があつて、もつと積極的に仕事をしたところで、それ以上の出世は望めなかつた。それどころか、さういふ人間は軈て周圍からいびり出されてしまふ。官廳は規定に準じた凡庸な大きさの砂利で何十年となく踏み固められた道路のやうなもので、規定外れの石はその中にもぐり込めないばかりか、いづれ道行く人に邪魔にされ、傍らのドブに蹴込まれるのが落ちである。

敬一は二年勤めてゐる間に、この役所のほかの課も自分の課と大差ないことを知つた。それを推して行くと、この役所そのものが、たゞもつと大きい規定みたいなものを充足するための存在に過ぎないといふことになつた。

「うんと大きい無駄は小さい無駄より却て眼につきにくい」

と考へた敬一は、それを更にいろんなものに當て嵌めて見て、もつと〳〵大きい無駄を到るところに發見した。

「無駄だ、無駄だ」

と彼は考へるばかりでなく、知友の間にもそれを說いて廻つたが、誰も笑ふだけで本氣に取合ふ者はゐたかつた。彼等はみんな既にそれに似たことを知つてゐた。中にはその無駄に養はれて生きてゐる者さへゐた。

ところで敬一自身、知らぬ間にその一人になりつゝあつた。偶々上役の判任官が出張して留守のときがあると、彼も現金に飜譯の筆を棄て、椅子を四つ並べた上に寢ころんで、朝つぱらから大つぴらに五時間も六時間も泥のやうな眠りを眠つた。しかしそれは勞働者の、體力を恢復する神聖な眠りと似ても似つかない眠りであつた。實に公爵の居眠りと選ぶところのない、下級官吏特有の永遠の眠りに墮ちこむ第一步であつた。

敬一が飜譯しても無駄になつた。上役の眼を盜んで眠れば、それは無駄以上、死に近かつた。彼はこの役所の中で次第に死滅しつゝある自分の魂を自覺した。

敬一は役所をやめた。彼は家を疊んで妻と一緒に父の家に移つた。だが其處では前と違つてもつと人間の本質的な問題に當面させられた。

六

坂を登りつめたところで信次郎を載せた自轉車が敬一に追ひついた。彼は敬一のそばに來たとき片足を地面について自轉車をとめ、さも嬉しさうに皓い齒をむき出して笑ひながら

「ちよつと行つて來ます」

と敬一に挨拶し

「きつと四時までには戻つとりますつて、奥さんにさう傳へといてくらさい」

と福岡の訛で言つた。信次郎は今、自由な時間を持たうとしてゐる。四五時間のあひだではあるが、下男の內野から本來のナポレオンにかへらうとしてゐる。狹い額に皺を寄せ、いつもの鋭い眼の色を和げてたゞニコ〳〵と笑つてゐた。敬一は自由な時間にゐるナポレオンを好んだ。信次郎がこつ〳〵と下男働きしてゐるのを見ると、なんとなく胸が塞るやうな思ひをした。恐らく今日も信次郎は四時までに歸つて來まい。自由な空氣を吸ひながら快足に乘つて次々に現れる興味に惹かれ、何處までも何處までも走つて行くに違ひない。そしていつかのやうに夜遲く、飢え疲れて、家の者の眼色を覗ふやうに怯々と、しかし表面から景氣をつけて
「たらいまあ」

と大聲で呼びかけ、埃だらけの自轉車を中庭に持ちこむことだらう。

「行つてまゐります」

といふ遠足に出かける小學生のやうな彈んだ聲を殘して、巨大なカイゼル髭と角刈頭のナポレオンを載せた敬一の自轉車は、砂塵をあとに、見る見る五反田街道へ消え去つた。

Cさんは敬一が子供のときから行きつけてゐる齒醫者であつた。しかし、それから二十年後の今日になつても、Cさんは少しも變つてゐなかつた。待合室も治療室も元のまゝである。患者も當時と同じやうに、敬一以外には殆ど來ないらしい。少くとも敬一はCさんの待合室で相客と顏をつき合せたことも、治療中の患者を待つたこともなかつた。

Cさんは學者だが技術は下手だといふ評判があつた。それは事實である。だがかうも繁昌しない主な原因は、彼が空聾《からつんぼ》で、全然お世辭を言はないたちだからだと敬一は考へてゐる。

階段を上つて直ぐ左がCさんの研究室になつてゐた。其處でCさんはいつも患者を豫期せずに、高い椅子に乘るやうにして研究に沒頭してゐた。敬一は其處にCさんを見つける度にハタと當惑した。向ふで自然に氣がついてくれない以上、聾のCさんに自分の來着を知らせることが出來なかつた。まさか部屋の中に這入つて行つて肩を敲くわけにも行かない。Cさんは聾のみが知る靜寂の中で仕事に氣をうちこんでゐる。なか／＼本から顏を上げない。とき／″＼舌足らずのやうな口恰好で何かぶつ／＼呟いてゐる。そのうちにふと、入口につゝ立つてゐる當惑顏の敬一を見つけると

「やあ」と高い椅子から滑り降り、「お待たせしました。大變お待ちになりましたか」

と大聲で訊いて治療室に這入つて行く。

しかしCさんが研究室に見當らないときにはもつと困つた。治療室の隣の日本間を手術着姿で歩き廻りながら、大きな惡い聲でフィガロの結婚などを身振りよろしく歌つてゐるのである。さういふとき敬一は日本間の入口に近寄らない。すぐ待合室におとなしくはいつて、Cさんが部屋の前を通るまでいつまでも待つてゐる。Cさんが偶然敬一を見つけて少し狼狽しながら

「やあ、お待たせしました。大變お待ちになりましたか」

と訊いても敬一は默つて頭を横に振る。

Cさんは長い柄のついた丸い鏡で敬一の口の中を覗きこんで、自分の方から敬一の齒の容態をあれこれ言つて見る。敬一はそれに對して口を噤んだまゝ頭を縱に頷かせたり横に振つたりして答へる。敬一がものを言つてもCさんには聞えないからだ。かうして治療方法が決定される。さてそれからCさん獨特の素早い荒療治が始まる。

先づ鏡臺《かゞみ》に取付けたむき出しの古ぼけた一馬力のモーターで動く穿孔機が、もの凄い音を立てゝ回轉し始める。敬一は

怯えて固くなつてゐる。彼はいつかCさんがその穿孔機で奥さんの蝙蝠傘の柄を直してゐるところを目撃したことがあつた。

「ブル〳〵〳〵……」

と穿孔機が敬一の口中深くつゝ込まれた。アッといふ間に悪い歯の半分がふつ飛んでゐた。

「痛みますか」

と穿孔機を口から引き出したCさんは、悧巧な子供のやうな眼に同情をこめて、汗の浮いた敬一の顔を覗きこみながら訊く。だが痛いのはもう終つてゐた。そこで敬一は横に頭を振る。と、二度目に穿孔機がつゝこまれ、それが出たときには悪い部分がすつかり削りとられてゐた。

それから歯の孔が綿で掃除されたり、薬を挿入されたりするのであるが、Cさんはそれを決して自分一人でやらない。彼はどうやら患者を治すだけでなく、納得させてしまはなければならんと思つてゐるらしい。歯を掃除した綿は必ず先づガーゼのマスクを外して自ら嗅いで見る。次に敬一の鼻の先にも持つて行つて

「臭ひありません、ね」

といふ。薬を含ませた綿は口に入れられる前に、敬一の鼻の前で一寸とまる。

「ホルマリン!」

とCさんは敬一の耳のそばで言ふ。敬一は息を吸つてその臭ひを嗅がなければならない。

或る歯の治療方法の相談になると、流石の敬一も些かたぢろいでしまふ。それがために龜の甲のやうな文字のはいつた高等數學の計算や、ラテンの原語が記入してある部厚な書籍が持出されるからである。しかしそのCさんの態度には微塵

も衒學的なところがない。とにかくこゝのところの簡單な原理を、この珍しい患者に納得させてしまはなければならんと焦つて、Cさんは手當り次第の紙切れに齒の力學的構造を描いて見せたり、その齒の齦《くき》に働く力量を計算して見せたりして、至極乘氣薄の顏をして聞いてゐる敬一が縱に首を振るまではやめない。

敬一が袖から蟇口を出しにかゝると、Cさんは小机の上のメモにその日の治療代を數字で書いて示す。敬一が餘り口を噤んでゐるので、たうとうCさんは敬一も聾仲間であるやうに思つてしまふらしい。敬一はメモに書かれた數字——といつて、それは齒科醫學の特別講義を別にしても、驚くほど謙遜な數字であつた——を支拂つて默禮して出て行く。

C齒科醫院の玄關を出た敬一は、いつも耳が遠くなつてゐる。それは長いあひだ聾に喋られて自分が口を利かなかつた爲の錯覺か、或ひはCさんの聾の世界に對して同情過多に陷つたせいである。いづれにせよ敬一にはそれが何か近ごろ珍らしい幸福のやうに感ぜられた。

二年間大なき無駄にひたりつゞけて來た敬一には、現在のかうした小さい生活の無駄が、反動のためか却つて無駄なことに思はれなかつた。

敬一自身、聾になつた幸福を空想するために、或ひは研究の情熱のほかは棄てゝ顧みない貧乏齒科醫者に會ふために毎日坂を下つて行つた。信次郎は半日のあひだ、何の目的もなく自轉車を乘り廻してゐた。だがこれらにはいづれも業務週報とか實績表とかいふ嘘が附隨してゐなかつた。しかも人間生活の高い、或ひは純眞な喜びが伴つてゐる。

「如何なるものにせよ、眞實を追ふ人間は幸福に違ひない！」

と敬一は坂を下りながら思つた。

七

敬造はいま會社の顧問室に腰掛けて、きつちり二時半に運ばれる薄いお茶に口をしめしながら、窓越しに、千人近い半裸の職工が音樂に合せて一齊に手足を投げ出す見事なマスゲームを洞ろな眼で眺めてゐた。午後の強い陽差が彼等の肩・肩・肩・腕・腕・腕……を焦がしてゐる。肥つたY常務がその先頭に立つて喘ぎ喘ぎ、しかし元氣一ぱい體操してゐる。敬造にはそれがどうしても自分の意氣銷沈した現在の立場をおひやらかしてやつてゐるとしか思はれない。

彼は椅子を廻轉させて自分の机に向き直つた。と其處にも彼が今朝ほどから暇に委せて既に何十遍となく飛ばし讀みにしたエコノミスト誌が如何にも疎々しい五段組の頁を曝してゐる。敬造は惑が痺れたやうに疲れた頭を骨太の兩手で抱へて、最も不如意な人の溜息をもらした。あそこで喘ぎながらラジオ體操を續けてゐるY常務こそエコノミストかも知れないが、敬造自身は凡そ經濟に緣の遠い人間であつた。

成瀨敬造は昨年の四月、局長の位置を二年勤めた後、官界から退くと、直ちにその斡旋で現在、官と非常に密接な關係にあるこの軍需會社にはいつた。だが會社側はさういふ種類の入社を餘り好んではゐなかつた。といふのも、入社した勅任官吏は往々にして官から派遣される監督官の役割を演ずることがあつたし、またさうでなくても一生の大部分を豫算といふ微溫湯《ぬるまゆ》にひたつて來たこの種老朽官吏に限つて、矢鱈に氣位ばかり高く、いつまでたつても利潤追求といふ火のやうな會社勤めに慣れないからであつた。だから會社はいつもさういふ人間をお得意さんの道樂息子位に考へて、入社も餘儀ない仕儀と半ば諦めてゐる。とにかく約束の年限だけ貢物のやうな給料を支拂ひ、後はおとなしく出てくれるのを手をすけるやうにして待つばかりである。尤もそれにもラジオ體操のY常務のやうな例外はあつた。彼も昔は官吏であつたが、早く實業界に轉身して、今ではその會社に缺くことの出來ない常務取締役におさまつてゐる。一面、彼が官吏として大成しなかつたのは、實業界で成功する素質を多分に持つてゐた爲とも言へる。とにかく官界で相當の名を擧げた成瀬敬造と彼とは、計らずも同じ會社に落合うて好箇の對照をかたちづくつた。

併し敬造も怠けてゐたわけではない。彼も入社と同時に活躍を始めた。彼は非常に頑健な軀の持主だつたので、この活躍といふことは寧ろ彼の肉體の要求でさへあつた。敬造の活躍は先づ、それまでさういふもののなかつたT會社内に幾つかの親睦會をつくることから始まつた。

「宴會は大經營に必要な人の和を釀成する」

といふのがそのとき重役連を說いて廻つた敬造の主張であつた。それから彼は毎日會社の自動車を驅つて知友知己の間を驅け廻り、會社の經營法に關する賴まれもしない見聞知識の獲得に努めた。尤もその際も彼は何かにつけて宴會を催する機會を摑へることを忘れなかつたが……

四時頃、會社の玄關に車を乘りつけた成瀬顧問は、さも忙しさうに短い足を大股に開きながら專務室に驅けこみ、人のいゝ小男の專務を摑へて、會社の經營法に關し、あれこれと忠告や獻策をするのだつた。

「矢張り會社《うち》は職工の福利施設についてまだ遺憾な點があるやうですな」

と或る日の敬造は額の汗を拭き拭き心配顏に言つた。またほかの日には

今のうちに防空壕を掘つて置かないと、いざといふとき職工が逃げ出して操業ができなくなりますよ」

としたり顏に進言した。猫背の專務は一そう背を屈げるやうにして、敬造の口からまるで出來たてのまんぢゆうみたいに危つかしく喜びに震へながら飛び出す「福利施設」とか「操業」といふ言葉にぢつと耳を傾けてゐた後

「いや、結構なお話を承りました」

とか

「いや、ご苦勞様でございました」

とか答へて會釋する。と、敬造は必ず何か言ひ足りないやうな、つまり言ひ譯し足りないやうなもの足りない氣分に襲はれながらあたふたと事務室を出て行かないわけに行かない。

かうして會社の會計課では月々成瀨顧問のタクシー使用料として四百圓を下らぬ金額を支出してゐた。それが暫くの間重役間の秘かな話題となつてゐた。だがそれだけではまだ成瀨顧問の事業家としての腕前を云々するに充分な材料ではなかつた。彼等は一樣に奇妙な嗤ひを浮べて、そのさき何ごとかが起るのを待ち構へた。

危惧は案外早く事實となつて現れた。官から××の頭部製作の大量注文がありさうだといふことは、前々からこの會社の重役連の頭痛の種になつてゐた。こゝの設備と制度を以てしては、どうしても生産費を割るのである。掛りのY常務はまるで逃げ廻るやうにして、どうやらこれまでその引受を遷延することに成功してゐた。ところが新來の成瀨顧問のお蔭で、それがのつぴきならぬ立場に追ひこまれてしまつた。

その日、敬造はクラス會の申合せのために昔の同僚であつた當局者のKを役所に訪ねた。Kも敬造が謂はゞ自分達仲間の私用で來たので、氣の置けない昔の調子にかへつて、貴樣、俺で快く歡談した。敬造は久し振りで何か頭の殘滓《をり》が吹き飛ばされたやうな爽々しい氣分になつた。しかしいよ〳〵彼がクラス會の用向を告げて腰をあげる段になつて、Kは突然思ひついたやうに、頭部製作の一件を持ち出した。Kは敬造にこれまでの經緯を説明した後

「あいつはすつかり商人根性になり下つてゐやがる」

といつて敬造の會社のY常務をこき下ろし

「若し貴樣んとこで引受けないとなると、こつちの生產計畫に重大な支障を來すばかりでなく、ひいては國防國家建設の一翼に大穴があくんだ」

と何か內情を割つた話をするときの重々しい低聲《こごゑ》で說いたうへ

「貴樣、社に歸つたら一つうんと重役連を嚇しつけて引受けさせるやうに骨折つてくれないか」

と、それでなくても調子に乘り易い敬造を焚きつけた。

敬造は自動車を會社の表玄關の車寄せに乘りつけると、いつもの倍も勢ひよく專務室にはいつて行つて、まるで命令でも與へるやうな調子で猫背の專務に當局の言を傳へた。すると直ちに成瀨顧問を中心にして重役會議が開かれた。顧問が會社の重大決議に參與することからして既に異例に屬してゐた。ところが今日はその顧問が會議の中心人物であつた。日頃、重役連から子供扱ひにされることに頗る心穩かならざるものを感じてゐた敬造は、この時とばかり反り身に構へた。彼は辛うじて大滿悅の微笑を抑へ、强ひて周圍に調和した心配顏をつくりながら、心の中で盛に

「これこそほんとうの活躍といふもんですよ」

と叫び續けてゐたが、その度に

「一つ今晚あたりいつもの料理屋で痛飮してやらう。ひよつとすると何もかもうまく行くかも知れない!」

といふ奇怪な折返《リフレイン》が敬造自身にも氣づかれないほど密かに、しかし一そう力强く繰りかへされた。活躍といふ言葉は、常々敬造の頭の中で、酒宴といふ概念と密接不可分に融合されてゐたのである。

重役連はほんとうに色を失つてゐた。いつも動作の緩漫な猫背の專務までが、足早やに敬造の周りを歩き廻つた。謂は

ばこの問題の當事者であつた常務のＹは、大きな充血した頭の中で、早や自分の轉身の方法を考へ廻らさなければならなかつた。

敬造は周章狼狽して同じことを何遍も訊きかへす重役連に當局の傳言をくりかへし説明してゐるうちに、つひに自分がその當局者になつた錯覺に陷つて、「國防國家建設のために」とか、「國運の隆盛は會社の繁榮」といふやうな得意の言ひ廻しを使つて、極力問題の頭部製作を慫慂した。

とゞのつまり、敬造の意見通り、翌日、專務自身が役所に出頭して、愼んで頭部の製作をお引受けして來ることに話がきまつた。といつて、實際は敬造の意見が採用されたわけではなかつた。Ｙ常務にとつて、いづれ引受けなければならないものなら、今が最も好都合な情況にあつたからである。それから間もなく、向ふ三ヶ年無配當といふやうな噂が何處からともなく會社中にふり撒かれた。

それ以來、社内の人間の成瀨顧問に對する態度が眼に見えて變つて來た。彼等の大部分は入社當時の敬造を、たゞ人のいゝ老朽勅任官吏として多少輕侮の混つた親しみを以て迎へた、併し今では敬造に對するとき、明かに會社の異分子乃至敵に對する棘々しい眼色を隱さなかつた。上層部の複雜な事情に疎い一般社員達は、風說に乘せられて、今度會社に無配當の危機を招いた當の責任者が、成瀨顧問に違ひないと思ひこんでゐた。

その代りこの事件の本當の當事者であつた常務のＹは、非難の矢面に立たないですんだ。彼は今度の株主總會に備へて株主達の間を廻つて步き、例によつてとりとめのない世間話をした後
「いやあ、今度入社した成瀨君には一同手を燒かされます。勅任官吏つてみんなあんなもんでせうがね」

と自分も曾つてその勅任官吏であつたことは忘れたやうに、血の氣の多い厚ぼつたい顏面を濡つた掌でひと撫でしなが

ら、それとなくこの事件の先手を打つて置くのを忘れなかつた。

今や敬造の顧問室には誰一人訪ねて來る者がない。併し彼は出勤しないではゐられない。三十年間、徒らに几帳面な官史生活に習慣づけられて來た敬造の軀は、前夜如何なる時間に床についても翌朝の五時になると、本人の意志如何に拘らずぽつかり眼を覺ました。それから早い朝食をすませて九時になるまでの三時間を、妻のみならず家族の者とは一切口を利かずに、朝刊の一箇處にぢつと洞ろな視線を注いだまゝ、太い毛の生えた指で赤い口髭をひねり／＼過ごす。時計が九時をうつと半ば反射的に會社に出かけて行く。しかしあの事件以來、庶務課長から、この際ガソリンを節約して貰ひたいと婉曲に自動車を乘り廻はすことを斷はられてゐたので、敬造は一日中ぢつと顧問室に閉ぢこもつて、宴會のために前夜寢足りなかつたところを居眠りで埋合せたり、時間時間に運ばれる會社の薄いお茶をゆつくり手間をかけて飲んだり、會社の顧問になつてから取寄せることにしたエコノミスト誌を繰りかへし飛ばし讀みにしたりして、退社までの死ぬやうに退屈な八時間を過ごす。

いま敬造は夏の午後の痺れた頭で、エコノミスト誌の或る箇處を理解しようと努めてゐた。其處には國家總動員體制について書いてあつた。總動員體制とは敬造の考へによると、結局のところ、金持も貧乏人も差別なく擧つて國家の急に奉仕する體制であつた。だがそれは彼が一日置きに五反田の料理屋に上ることゝは些かも矛盾しなかつた。敬造自身は金持にも貧乏人にも屬してゐたかつたからである。

「結核國策の急務！」

と敬造は活字の大きさに驚いて眠たい眼を瞠りながら字面《じづら》を凝視する。ところが彼の痺れた頭は「印度の大火」といふ七號活字を見たときほどの反應も示さなかつた。

かうして成瀬顧問は彼の所謂「活躍」なるものを、少くとも晝の分だけは完全に封じられてしまつたので、晝間蓄積されるエネルギーを夜間の活躍で調節すべく、一そう繁々と五反田の料理屋の洗ひ立てた敷石の上に靴を脱ぐやうになつた。

八

花枝は化粧品の買物に出かけた。しかし藥屋の店を出た花枝の足はいつのまにか驛一つ離れた實家の方へ向いてゐた。むせるやうなアスファルトの道を彼女はゆつくり歩いて行つた。花枝は一人のとき、いかにも大儀さうに下を向いて、上體を頭ごと大きく左右にふり振り歩く癖があつた。さうやつて暫く歩いて立ち止つて頭をあげ、自分の進路が間違つてゐないかどうか、細い眼で先を眺めた。

彼女がいつものやうに勝手口の方から聲もかけずにのつそり上つて行くと、出會ひ頭に嫂にぶつかつた。嫂はちよつと

「おや、花ちやん」

と如何にも姉さん振つた口調で言つて立ち止まりかけたが、また慌てゝ、正ちやんが床の間におしつこをしたのよと言ひながら、臺所の方に驅けて行つた。

母は障子を開け放した茶の間に縫物を擴げてゐた。庭の緑が部屋中に明るく映つてゐた。母親は默つて敷居を跨いで這入つて來る娘に氣付くと、ちよつと老眼鏡の眼をあげて

「おや、來たのかい。大變な汗だね。お勝手へ行つて洗つておいで」

と言つて直ぐ縫物にかゝつた。花枝は返事もせずにゆつくり大儀さうに母の前に横坐りになつて胸に風を入れた。二人はいつ會つてもこの調子で愛想がなかつた。花枝は生れつき愛嬌笑ひを浮べたり、話したくもないのに口を利いたりする

のが何より億劫なたちだつたので、かうして愛想のない母と無愛想な顔をつき合はして坐つてゐるのが、今は何よりの保養になつた。父は碁を圍みに行つて留守だつた。

「あちらの皆さんお達者かい」

と母親は針の先に頭髪《あたま》のあぶらをつけながら訊いた。花枝は自分の二の腕の一箇處をぢつと觀察するばかりで、それには返事を與へなかつた。彼女は自分の軀の何處かゞかすり傷を負つたり蚊に刺されたりすると、それをこすつたり掻いたり觀察したりして一日中氣にしてゐた。親しい人の前であればあるほど、それが激しかつた。また、さういふ態度をするときには、何か不滿を懷いてゐることが多かつた。

「うまくいつてるかい」

と母親は娘の心のうちを診察するやうに訊いた。主に姑との間を言ひたかつたのである。花枝は一そう熱心に二の腕を觀察しながら、ゆつくり押し出すやうに言つた。

「うまくつて……別になんてこともないけど……どうもあすこんちの人の氣持が分んないんだよ」

花枝も姑のことを考へて言つてゐた。

「そりやねえ」

と母親は幾分安心して言つた。

「誰でも嫁に行きたてはさうですよ。もう少し經てば自分ちと同じやうに慣れますよ」

「もう半歳にもなるんだがなあ……」

と花枝は口を尖らして獨りごとのやうに呟いた。

「敬一さんは？　まだ勤める様子はないのかい」

と母親はまた暫くしてさり氣なさゝうに訊いた。だが花枝はこの質問をいちばん恐れてゐた。それについては彼女自身も夫の氣持をもつとよく知りたいと思つてゐたのである。

「小説を書くんだつて言つてるけどね……いゝ勤め口があつたら勤める氣だらう」

「そりやあねえ」

　と母親は縫物に力を入れて篦を當てながら、婿に傳へさせるつもりで言つた。

「あちらのお父さんは分つた方《かた》だから、お前達もさうやつて暢氣なことを言つてゐられるんだが、それに狎れて獨立心を失つてはいけませんよ」

　花枝は默つて二の腕をこすつてゐた。彼女は自分が母親に答へるに足る確信を少しも持つてゐないことが、恥しくもあり淋しくもあつた。そして暫く默つて坐つてゐた後、大儀さうな口調で、お父さんによろしくと言ひ殘して、來たときよりもつと不安な心持になりながら、また頭を振り振りゆつくり婿家の方へ歩いて行つた。母は上りがまちを降り立つた花枝に、さあ、あんたの普段下駄が殘つてゐたよ、ついでに持つてお歸りと言つて、すり減つた日和下駄を新聞紙に包んで渡したが、その言葉がいつまでも彼女の頭の中に尾をひいてゐた。

「あの家はもう自分ちぢやないんだなあ」

　と花枝は心細く舗道の上に呟いた。

九

敬造は夜遅く郊外電車から降りると、いつものやうに、人通りの少いS池の畔の道を選んで家へ歸つて行つた。この時刻は近頃でも池の面《おも》を渡る風が涼しい。彼の五體には酒精《アルコール》に勢ひづいた血が、太い血管を通してどく〳〵と快調に循環とてゐる。

「勝つて來るぞと勇ましく……」

と敬造はまるで轉びかける幼兒のやうに反り身になつて短い足を急速に交叉させながら、星の瞬く夏の夜空に向つて大聲に歌つた。そしてその合間には

「しかしわたしは幸福ですねえ」

と如何にも感に堪へたやうに呟いた。ほんとうに自分は今日一日活躍したわいといふ錯覺に陷つてゐたのである。

彼が勢よく玄關の扉を敲くと、妻の勝子が長い顔を一そう長くして迎へた。と、そのとたんに敬造は自己瞞着の迷夢に水を浴びせかけられたやうにハッとする。が、そこで一瞬堰きとめられてゐた彼の血行も、次の瞬間には後から殺到する血に押されて再び勢ひよく體内を循環し始める。

「今日の宴會は盛大でしたよ」

と彼は褌一枚になつて椅子の上に胡坐をかき、勝子の筋の浮いた顳のあたりをちら〳〵横眼で伺ひながら言ふ。

「へえー、今日は何の會でしたつけねえ」

と勝子も矢張り椅子の上に薄い膝で横坐りになり、持前の凹んだ眼で斜め下のへんをぢつと見つめつゝ、努めてさり氣なさそうに訊く。

「何の會つて？　會は會ですよ。こないだあんたに言つといた筈だ。ほら、クラス會ですよ」

「今日、クラス會に佐藤さんお見えになりまして？」

「佐藤さん？　佐藤さんは見えなかつたやうだな。佐藤さんは……えゝと』

こゝまで言つた敬造は一時に酔ひが醒める思ひをした。が、怒りを感ずる前にほつとしながら續けた。

「佐藤さんは去年脳溢血でなくなつたぢやないか。あんたもお悔みに行つた筈だが……」

「あゝそおそ、そおでしたね。それからどんな方がいらつしやいまして」

「そんなことあんたにはどうでもいゝぢやないか。在東京の人は皆來ましたよ。元木さん、有田さん、熊谷さん……」

と敬造は妻の危険な質問を警戒して、出來るだけゆつくり毛の生えた指を折り曲げつゝクラスの人の名前を擧げてゐたが、そのうちにこの前のクラス會の光景を思ひ出すと、實際自分が今そこから歸つて來た氣になつて――といふのも、彼の血行の狀態はそのときと全く同じだつたので――今度はすら〳〵と嘘が口を衝いて出た。

「澤田さんも來てたねえ。あの人は今や次官だからなあ。大した羽振りだよ。それに私と妙に氣が合ふんだ。戰爭でも始まつたら貴様眞先だぞなんて言つてたつけ。アッハハハ……しかしお父さんは幸福ですねえ……」

と最後の言葉を太い、如何にも眞から幸福さうな溜息と共に吐き出した。併し彼を取り卷いて腰掛けてゐた妻の勝子も息子の敬一も嫁の花枝さへも、誰一人、主人の言葉を聞いて些も幸福さうな顏をしなかつた。

十

九月にはいると急に凉しくなつた。みんなが今年は夏らしい夏を知らなかつたと云つてゐたが、それには〈やれ助かつた〉といふ氣持もあるし、矢張り夏らしい日がないと何となくもの足りないといふ一種の淋しさも含まれてゐた。うつかり日が早く過ぎ去つてゐると〈占めた〉と思ふ傍ら、なにがなし損をしたやうなうら淋しい氣分を味ふのと同然である。
今年は雨が多く一般に涼しかつたせいか、妄想の頭が次第に健全に近づき、地道に下男の仕事を續けてゐた信次郎も、月が變つてからはなんとなくそは／＼し始めた。彼はとき／＼敬一を摑へてさも秘密なことを話すやうに低聲《こゝゑ》で
「今が好機だがなあ、時期を逸するといかんがなあ」
と殘念さうに溜息をついて言つた。敬一が何がいかんのだと訊くと
「山はこれからがえゝよ。山栗はいくらでもあるし、仙人生活を始めるなら今だがなあ」
と答へて、信次郎はひとり想念を追ふやうに西の空を見つめた。併し敬一が、それなら何も心配することはない、今すぐからでも出かけて行つたらどうだとすゝめても、彼は矢張り何か躊躇を感ずるらしく、思ひ切つて出發する樣子は見せなかつた。信次郎は最近、住込みを許されて敬一の家の納屋に寢泊りするやうになつてゐた。そのとき彼は有頂天になつて
「私が眞面目に働くから敬一さんは私を納屋に置くやう、ご主人に斡旋してくらさつたんでせう。私がもつと一生懸命働けば、今度は臺所に寢かせて貰へる。ねえ、もつと蔭日向なく働けば次には敬一さんと同じ部屋、最後にはご主人夫婦の部屋になるかも知れん……」
と眼を輝かして言つてゐたものだ。彼が再び放浪生活に出るのを澁つてゐる理由は、長い不安な露天生活の後、毎晩きまつた屋根の下に寢る安穩さに執着が湧いた爲だらうかと敬一は想像した。
それから急に發作を起すやうになつた。牛乳屋や郵便配達が歸つたあと、信次郎は眼をひき吊らせて主婦の勝子を呼び立て、あんな者は近づけんがえゝ、變裝したスパイに違ひないと言つたり、誰かゞそれに反對すると、一家鏖殺しだと叫んだりした。汽車ごつこをしてゐた近所の子供の口から笛を奪ひ取り、恐ろしい顏をしながらそれを地面に敲きつけて踏

みにじつてしまつたこともあつた。笛を聞いて警官が驅けつけて來るといふのである。

主人の敬造は相變らず朝の九時になると不愉快な顔をして會社へ出かけて行つて、大抵毎晩おそく歸つて來た。併し近頃は酒に醉つてゐないことが多かつた。迎へに出た妻の勝子に對しても、彼はその日の行先を説明しなかつた。默つて茶の間に這入ると、朝刊と夕刊を持つて來させ、洋服を着たまゝ、赤い髭をひねり〳〵、長いこと洞ろな視線を紙面に注いでゐる。それから依然として新聞から眼をあげずに

「甘いもの！」

「果物！」

「お茶！」

と右手を出して順次に注文した。それらが前に出されると、彼は大きく顳を動かしつゝ、まるで飢ゑた人のやうに人の三人分も平げた。そのあひだ勝子がどんな質問をしかけても絶對に返事をしない。たゞ、その日彼宛に來た郵便物が差し出されると、ひつたくるやうにして受取り、その中から急いで會の通知だけを選り出し、どれこれの差別なく出席の返事を書いた。さて次に自ら立つて茶の間の柱に掛けてある英國製のカレンダーを持つて來て、さも樂しさうに念を入れて口髭をひねり〳〵、會に當つた日の空欄に鉛筆で出席時間と場所とを記入した。かうして敬造が出席する會は、彼の地位と年齢に相應した夥しい數に上つた。月の終りのカレンダーは敬造の鉛筆書きで眞黒になつた。併しどの會に行つても敬造は十二時近くにならなければ歸つて來なかつた。近頃は禪學の會で酒を振舞ふらしかつた。書道會にいたつては一と晩泊りさへ許した。

十一

花枝は近頃、十五六のときわづらつた痔が再發して、姑の後ろについてうろ〳〵することさへ苦痛な様子をしてゐた。彼女はそれを最初夫の敬一に訴へた。敬一は妻の痔の治療のことを先づ母親の勝子に相談した。

「今のうちに入院させて徹底的に治療した方がいゝだらうね」

と彼はひたと勝子の顔に眼を据えて言つた。敬一は花枝のことについて母と話すとき、いつでも眼を外らさないやうに努めた。そして自分の顔が自然にいかつくなつて來るのを感じた。すると勝子の眼も何か捜るやうに落着かなく動き始めた。二人はかうして顔を見合つたまゝ、心の中でかういひ合つてゐる。

「さあお母さん、貴女は私の嫁をどのくらゐ可愛がつて下さいますか」

と敬一の顔が訊く。と、勝子の落着かない眼が

「それより敬一さん、あんたは花枝さんとお母さんとどつちを大切に思つてる。これが何より先に訊きたいことさ」

と答へるのである。

勝子は息子との無言の問答から自分に納得の行くやうな返事を受取らなかつた。そこで彼女は傍らにゐた嫁の方を向いてこんなことをくど〳〵話した。

「中目黒の浪子もねえ、近頃痔が悪くなつて買物に行くのも大變だつて。姙娠すると誰でも悪くなるらしいですよ。わたしも姉妹《きやうだい》の中ぢや一番いゝ方でしたが、それでも姙娠する度に悪くなりましたからねえ。大抵ほつとくと治るもんですよ」

花枝は返事をせずに自分の二の腕を觀察してゐた。

午後、勝子は久し振りに僅かな陽の間を見つけると、一家の袷を全部ほどいて、それを片端から洗張りすべく、ひきりなしに二枚の重い洗張板を裏がへしてゐた。花枝は姑の後ろについて廻ることを諦めて、自分の部屋にひつ籠つてしまつた。

その晩は珍しく主人が家で晩酌を傾けてゐた。そこで食後、話が彈まぬまゝに、もう一度花枝の痔の話が主婦によつて持ち出された。

「そりや、すぐ病院に連れてつて診て貰ひなさい。うつかりすると痔は命とりですよ」

と敬造は晩酌後の親切な氣分に支配されながら、まるで勝子の不行屆を叱りつけるやうな調子で言つた。妻はさういふ夫の態度になんとなく不滿を感じた。それは嫁の痔の治療如何に關係なかつた。夫に對する謂はゞ持續的・本質的な不滿であつた。併し彼女はそれを飽くまで痔の問題で押して行かうとして、また、中目黑の浪子も痔を惡くしてゐるが、浪子がそれを主人に話したら、痔なんか病氣のうちぢやないと相手にされなかつた話をした。敬造はいち早く妻の心理に氣づいてゐたが、この場合、勝子の論理にケチをつける方を得策と考へた。

「浪子の痔がこの話になんの關係があるんだね」

と彼は意地の惡い嗤ひを浮べて勝子の長い顏を流し目に眺めながら訊いた。すると勝子も咄嗟に夫の狡いやり口を悟つた。そして敬造の冷笑に嚇となつて容易に論理を超越した。

「なんの關係があるんだつて、貴方は實の娘が痔で難儀してるつて聞いてもそのとほり冷淡に構へてゐらつしやるぢやありませんか。それが花枝さんだと――」

「そりや花枝さんは私が人から預つてる嫁さんだからさ。浪子のことは向ふのご親戚が心配して下さる。第一、浪子のことで私達がかれこれ世話を燒いたら、向ふのご親戚に對して失禮に當るぢやありませんか……あんたは私が實の娘に冷淡だ、そして花枝さんばかりちやほやするつて言ふが、あんた自身はどうなんだい。あんたはそれでも公平なつもりかい。浪子が一寸お腹をこわしたつて言や、飛んで行つて、やれ懷爐だやれお粥だつて看病する。私はそれを――」

「私が公平になれないのは」

勝子がたまらなくなつて遮つた。

「貴方がさういふ風に仕向けるからです。わたしはいつも――」

「いつ私が仕向けた」

「貴方が花枝さんと私との間を裂くやうに裂くやうになさるからですわ」

「いつ私が裂いた」

「しよつちゆうですよ」

「だからさ、具體的に例を擧げて言つてごらん、例を。わたしやそんな憶えはないんだから……」

「例をつて：さう口では言へませんがね、貴方の態度はいつでもさうですよ。トランプの時だつて、同じ間違ひをしても私だとさも憎らしさうにいぢめつける。花枝さんなら――」

勝子の話はいつの間にか嫁と彼女自身との對立關係に落込んでゐた。

「そりやあ、あんた」

と敬造は、容易に本音を吐いた妻の愚を嘲笑ふやうに上から見下ろして言つた。

「あんたは私の妻だからさ、私の身內だもの」

「いくら身内だからつて。貴方が私を憎んでゐらつしやることは眼つきを見れば分りますよ」

「今そんなことを話してやせんぢやないか」

「いゝえ、これが根本問題です」

「花枝さんの痔はどうするんだい」

と根本問題の至極嫌ひな敬造は、話を元に戻さうとして言つた。

「痔なんて構やしません！」

そこで舅と姑は嫁の問題を離れて自分達の素顔をまともにつき合せた。


―（未　完）―

詩論

小野十三郎

12

詩の生命は言葉である、と云はれるけれども、詩人の反省としては、それだけではどうもたよりない。言葉はたしかに詩人の思想を形成する重要な因子だが、近頃詩人は、言葉に對して、非常に觀念的になつてゐる。古語の美しさを現代詩に生かすと云へば立派だが、それが詩人の未熟な趣味、頽廢した趣味に終つてゐる例があまりに多過ぎるのである。

「みたみわれ」と云ふ言葉がある。聲調、內容共に天平のおほらかさとふくらみを持つよい言葉である。充實してゐて申分がない。しかしそれが現代の短歌や詩に用ひられてゐるのを見ると、ただ詩語として浮上つてゐるのが眼立つだけで、今日、人民だとか國民だとか云ふ言葉の日常的な語感が內に包んでゐるものにはとても及ばない。天平の庶民精神の中から自然に素朴に生れ出た言葉には、やはりその時代でなければ出なかつた感情の密度のやうなものがあるからだらう。私たちの民族的鄕愁の或ものが、いまそこに歸つてゐることは認めるが、古語につながる鄕愁をほんとうに生かす術は、古語そのものを現實に復活させることよりも、むしろ混沌した現代の日本語の日常性に信をおいて、それを鍛へてゆく他に無いやうに思はれる。

これは一つの例だが、一般に、今日の詩人の古典に對する傾到の仕方には反撥させられるものが多い。

13

短歌や俳句の詩性が、それぞれの意味に於て、民族詩としての獨自の性格を持つてゐることは、誰しも認めるところであるが、今日に於ては、その形式の非限定的な自由性にもかゝわらず、現代詩にも又、一つの日本的性格と云つてよいものが形成されつゝあることも否定することは出來ない。特に最近、自由詩型の發展形體としての現代詩は、著しくその大衆への親近性を增して、短歌や俳句と伍して新しい國民詩としての位置を、急激に昂めた感がある。廣い意味の詩歌の中には、必ず現代詩も包含され、詩作者即ち讀者と云ふが如き、讀者圏の限られた狀態を脱して、やうやく圏外の素朴な享受者を吸收しつゝあるやうに見受けられる。しからば、現代詩の日本的性格とはいかなるものであらうか。所謂愛國詩等に見られる傾向がさうだとすると簡單であるが、それは別問題であらう。さういふことではなく、傳統的な短歌や俳句の詩性に對して、別個に存在する現代詩そのものの性格の中に、若しさう云ふものが形成されてゐるとするならば、それはどんな特色を持つてゐるか。例へは、一種の懐古的な風潮の下に、詩が短歌の境地に近接し、回歸しつゝあると云ふやうな現象が見られるならば、それとこれとは何か關係があるのだらうか。一口に詩精神と呼ばれるけれども、そのいろいろな樣相を見極めなければ、各個の民族詩的相貌は生きて來ないし、現代詩に見られる日本的性格等と云ふものも、これを具體的に把握することは出來ないのである。

一般には短歌を以て代表される傾向がある廣い意味の詩歌の精神が、今日、仍、他のあらゆる詩性を、その中に包攝し得る程大きく且つ新鮮であるかどうかはいさゝか疑問だ。人、或は萬葉精神を云々するだらう。しかし實踐を、從つて現實の偏向を伴はず、それを感得し得ない解説の類は信ずるに足らない。私は、萬葉はつねにこちら側にあると思つてゐる。所謂詩歌の概念からはみ出してゐる詩性や或はその概念を否定し去る詩の成立を豫想し得ない者には私は殆ど興味は無いのである。大體、萬葉に還れだとか、古典を現代に生かすと云ふやうなことを云ふのが暢氣過ぎる。又、さう云ふ論據に依つて、日本詩歌の民族的性格への郷愁を煽り立てるやうなやり方ほど、古典の精神に悖るものは無い。短歌や俳句の問題はしばらく措くとして、現代詩の日本的性格に就て考へる場合にも、かういふ安易な徑はいくらでもある。私が、現代詩の中に見んとする日本的性格は、決してさういふところに論據を持つものではない。現代詩の性格の形成は、たとへ最初は西歐の詩の流入と模倣に端を發すとはいへ、やはり短歌や俳句の旣成の詩性に對して、別個に生れた型式が内包してゐるものに基因し、そこに動機の最深の意味があることは疑ふことが出來ない。言ひ換へれば、それは、或る意味で、短歌や俳句の否定の上に成立したものに他ならないのだ。

現代詩が、詩歌一般の中に占める位置は、主觀的にも、客觀的にも右の如きものであつて、その在りやうは、詩人は勿論、漠然としたかたちでは、讀者にも認められてゐるが、仍、充分な意識化が足りない爲に、傳統の淺い現代詩は、その型式の不安定性にも影響されて、動ともすると、新しい詩精神としての獨自な立場を喪失し、脆くも、詩歌一般の中へ解消し去られやうとする傾向がある。正しく言へば、現代の詩の在りやうは、實に、この詩歌一般、就中短歌性への歸趨と解消を前にしての抗爭の中に在る。從つて、自らの中に徐々に形成して來た新しい國民詩としての性格に對する認識が不確實であれば、現代詩の精神は、たちまち、一旦訣別した短歌や俳句の世界への郷愁に囚はれそれに牽引され、そこにのみ民族的詩精神の正統があるやうな輕信に陷る惧れがある。

14

現代詩に具はる新しい日本的性格とは、一口に言へば、「批評」である。時代と自己との間隙を塞ぐ意慾的な批判精神の介在を私は擧げる。日本古來の詩歌の傳統に、さういふ精神が、全然無かつたわけではないが、それは「自然」の智慧によつて中和されてゐたために、かゝる間隙に、際立つた矛盾や對立は見られなかつた。さういふものをあまり露骨に表現することは、詩歌の精神に反するとされたのである。

「自然」の智慧が後退するとき、環境と自己との對峙は、必然的に尖鋭化する。詩に於ける自然の位置は、次第に不安定となり、反對に現實社會の壓力は益々强大となつて、智慧は、その素朴なかたちで、自然の中に靜止してゐることが出來なくなる。「批評」は荒々しく、詩の表面に躍り出で、その内容の非等質性と非親和性は、古來の詩型式を拒否し、むしろ生理的な嫌惡感をもつて、古い聲調や韻律に立ち向ふ。内に、かゝる粗剛なる批評精神の發動を感じ得ない者には、抒情の變革等と言ふことも何の意味も無い。

しかし、人は一應の疑問を抱くだらう。短歌や俳句等の傳統的な詩性に對して持つ現代詩の意味が、かりにさうだとしても、それが何故日本的な性格だと言へるか。或る意味で、この國の古典や民俗を否定する詩精神が、どうして日本的であり得るか。

15

詩に於ける批評の喪失は、單に、歌や俳句に見られるのみならず、自由詩型の故國たる、たとへばフランスの事情に就て聞いてみても、近來、詩精神の內部に於ける批評的機能の減退は、蔽ひ難い事實だとされてゐる。かつてボウドレエルとバルザックの兩者の中間に嚴として存在してゐたやうなリアリズム、斯の如きものは、一個の純粹な抒情精神の中に結晶すべく、あまりに異質的にして強大に過ぎるのであらうか。詩に於けるリアリズムは、結局、詩を散文化する作用をしか持ち得ないものであり、從つて、それによつて詩を更新し、新しい韻律を創造する等といふことは空理に等しいか。リアリズムの精神から、ただ客觀描寫といふ手法の模索と、合理主義といふ似而非科學をしか吸收し得ない事情は、東西相同じと見えて、今日では、詩人たちは、そのエッセンスを、あつさり惜氣もなく、散文作家の略取に任せてゐる。無論、探せば、リアリズムの暗流は、西歐近代詩の中にも發見することが出來るにちがひない。ナチスの民族詩と雖も、單なる浪漫主義ではあるまい。しかし、かう言ふ意味で、最も典型的な冒險を試みたのは日本の現代詩である、と私は思ふ。例へば、かつての新散文詩運動のやうな仕事を見ても、それが派生するところでは、殆んど馬鹿正直と思はれる位の、リアリズム的手法の誇張があり、在來の淡泊な日本的詩精神とは似ても似つかぬ探究の粘りが出て、いろいろな偏向や寫實的些末化を生みつゝも、その運動自體が終つた後に於ても、私たちの詩精神の基礎に、一つの Handwork の如きものを殘したことは、何と言つても大きな手柄である。言葉を練り鍛えると言ふことが、そのまゝ現實の批評に通じた時間がそこにあり、韻律の否定が、そのまゝ新しい韻律の創造であつた一瞬間がそこにあつた。

現代詩に於ける日本的性格の形成は、詩精神の內部に復活する批評的機能への重點的認識から出發する。現代詩を他のあらゆる詩性から、一應隔絕せしめるものこそ、現代詩の具備する新しい日本的性格である。據るところなく、懷古的な思潮に押し流されて、詩歌一般へ歸入してゆくやうな詩は、それによつて、折角自らの中に戰ひとつた精神の、より高度の可能を放棄するものだ。リアリズムは、未だに、一般には「現實の再現」以上に考へられてゐない傾向があるが、言ふまでもなく、その本來の精神は、現實の否定である。現實を否定することによつて、それを強く生かす思想である。かくの如きものが、今日の詩に結びつくことは當然だと言はなければならない。そして、それが他の散文藝術の場合に較べて、はるかに壓縮され、煮つめられたかたちで發現されることは、詩の特徵である。批評が詩の純粹性の內部機構の最も樞要な部分を占めるとき、抒情の波長は自ら更まる。詩人は正確にこれをキャッチしなければならない。

現代詩は、まだ一つのアンチ・テーゼである。しかしかういふ反對の力が、古い抒情に對して、絶えず働いてゐなければ、詩は墮落する。

私は敢て、かういふ力の作用そのものに、現代詩の日本的性格を見る。

16

日本の古典――特に、能や、利休の茶道や、蕉門の俳句等に於ける寂びの性質を、山口愉助は、力寂び、鍛へ寂びと言ふやうな言葉を用ひて説明し、寂びの藝術の生れる胎盤的條件として、都會文化の洗練性と、地方精神の剛健性の調和を擧げてゐる。例へば、鎌倉藝術は、まだ後期の桃山時代の茶道に見られる程、調和的統一の域に達してゐないが、地方邊陬の地で、困苦に耐へて鍛へあげられた剛健精神が、藤原や、宋朝の洗練された都會文化を吸收して生れた強力にして堅實なる藝術であると言ひ、茶道は、京阪の都會文化の中に育てられた室町時代の書院茶が、利休によつて、田舍精神の草庵に引きもどされたことによつて始めて完成されたものだと言ふ。又、大同石佛に言及して、これは北方の剛健なる地方民族意識が、南方漢民族の洗練された都會文化を、その旺盛な胃袋で吸收消化して生み出したものだ、といふ風に説いてゐる。茶道の如きは、その操作が殆んど私の生理に反するから、究極的には理解し得ないけれども、地方精神を、都會文化に對する一つの強力な批評として認めてゐること――それはあらゆる時代を通じて眞理であらうが、――かういふ考へ方が、意識的になされるやうになつたのは、都市の發展といふ事情に即しても、多分鎌倉以降のことではないかと思ふ。ただ問題は、後世に及ぶに從ひ、かゝる思考が次第に抽象化され、必ずしも地方精神と都會文化といふが如く、ハッキリと、素朴な對立のまゝで繼承されなかつたことである。仍ち、それは自然と現實だとか、感性と知性だとか、抒情と意志といふやうな對立觀念に分化して、批評の割り込み方は、益々複雜になり緻密になつてきた。そして又、地方精神それ自體の變容もあつて、今日では、藝術一般の批評の基準として、地方對都會の精神上の對立觀を持つてくることは、いさゝか素朴に過ぎる。この點で、私は、近頃の所謂地方主義文化の提唱等も、無條件に信用しないのである。地方が「自然」に依據してゐる様相よりも、都市が卑俗な現實に結びついてゐる様相の方が、私ははるかに面白い。そして健康な感じがする。何故ならば、今日では、地方主義精神の中にある「自然」は大部分萎縮し停滯し概念化されてゐるが、都市生活の中にある現實は、激しく流動してゐるため、概念化の餘裕を與へない。消極的、頽廢的な面もあるが、生きた人間の消極や頽廢であつて、魯迅の所謂「屍の樂觀」ではない。「自然」を主張し、「素朴」を强調する人間の感傷型から遠いかういふ生き方は、古人が自然の中にあつた姿勢と相通じるもので、こゝに人間精神の不可測な無限の可能がある。かつての地方精神とはさういふものであつた。生活感の素朴さが、いまや都市に移つたと言へば極端であるが、地方主義文化論に見る「自然」の非科學的な取り上げられ方には、地方精神自體に於ける眞の素朴さや剛健性の著しい減退が反映してゐる。そして、このことは、わが國の詩歌的傳統である短歌性や俳句性の消極面と密接な關聯を持つてゐるのである。短歌や俳句の自然觀が益々感傷に流れてゆくのは、歌人や俳人の個性的な質の低下と言ふよりも、時代の壓力に依るのだらう。自然はつねに强力な批評として、個人の生命の內部にあるのだが、我々は、外部世界にのみ、それを追ひ索める。そこから樣々な感傷的な姿勢が生れる。地方性と都會性の乖離、又は融合も、個人の生命の燃燒過程に於て見るとき、意味があるのであつて、はじめから外部世界にさういふ對立を設けて批評の方便となすが如きは愚策である。一般文化史の回顧の方法としてならともかく、現實に行動してゐる精神の强弱、健全不健全は、そんな便宜的な尺度では決定出來るものではない。自然といふ言葉の意味のスケールはもつと大きい。

17

空想に二種類ある。作家のそれと、詩人のそれと。この二つの空想力の作用の相異性は、主として「鑑賞精神」への傾斜の仕方に、最も特徴的にあらはれてゐる。こゝに一つの風景なら風景があるとする。散文作家は、その風景に向つて、どんなに奔放な空想力の働きを持つてのぞんでも遂に、それは「鑑賞」の域を出ることは出來ない。

龍安寺の石庭について、志賀直哉はこんなことを言つてゐる。「……庭に一樹一草も使はぬといふ事は如何にも奇拔で思ひつきのやうであるが、吾々はそれから微塵も奇拔とか思ひつきとかいふ感じを受けない。それは相阿彌の作する動機の深さから來る。……一樹一草も使はぬといふ事は勿論其庭に一樹一草もない意味ではない。吾々は廣々した海に點在する島々を觀、島々には欝蒼たる森林の茂るのを觀る。僅か五十餘坪の地面に此の大自然を煮つめる爲めにはこれは實に、相阿彌にとつて唯一の方法だつたに違ひない。」

私はこれを讀んだとき、志賀直哉ともあらうものが何をつまらんことを言つてゐるかと思つた。無論、この感想は五百羅漢の渡水說や、仔をつれた虎が河を渡る光景だ等と言ふ愚にもつかぬ意想よりははるかに高級ではあるけれども、仍、こゝには純粋な詩的感動と言ふものは殆ど無い。言ひ換へれば、相阿彌の動機の深さにまで、志賀氏の空想力は浸透せず、創造者と鑑賞者の精神の間の運命的なひらきを言外に物語つてゐるやうに思はれるのである。私がつまらんと思つたのは、志賀直哉の文學にありとされる詩的精神を、自己流に過大評價してゐたためかも知れない。

　オブジエ（Object）は超現實主義によつて、一つの限界に達したが、物と意識との關係、物體に發生する象徵の問題から、日本の築庭藝術等といふものも、も一度見直してみると面白いだらう。詩人としての造園家の內部精神、彼等の構想力や空想力の在りやうを、さういふ角度から想像してみることもいゝと思ふ。龍安寺の庭は、純一淸淡の美を願ふ我民族の傳統精神の表現である、と言ふやうな一般的結論からのみ逆に見てゐては、十五個の配石は遂に死物と化す。それは鑑賞の道であつても、創造の道ではない。

　しかし私のこんな說は、工作的にはどうしても通俗化の過程を免れぬ造園術を、あまりに純粋な詩としてのみ考へることから出發してゐると言はれゝばそれまでであるし、鑑賞を通しての創造といふ、享受者側の謙虛な精神を無視してゐる言はれゝば、別に反對はしない。

18

　詩人の旺盛な空想力をもつてすれば、路傍の石塊や土砂の堆積も、ただの石塊や砂の堆積ではない。それらは時に強烈なオブジエの性質を具現する。そこから想像されることは、詩人は、豫め一つの定位置に設定されたオブジエよりも、むしろ偶然的に發見されたオブジエに、より純粋な象徵を見る。詩人の空想力が最も活潑に働きかける物は、槪してさういふ非定着的な偶然性を持つてゐる。風景美にしてさうだ。名所舊蹟等といふものに對して、或る種の本能的反撥を感じないやうな詩人は少ない。明治廿七年に出た志賀重昂の「日本風景論」が、いまなほ新鮮無比な魅力を湛へてゐるのも、それが破壞の魅力だからである。

19

　詩人は詩について幾様にも語ることが出來る。體驗から出たものは皆或る意味を持つてゐるが、詩とは何か、詩精神とは何か、と言ふことを、平易に說くこと位むづかしいことはない。「よほど腹の立つことか、輕蔑してやりたいことか、茶化してやりたいときの他は、今後も詩を書かない」（金子光晴）といふやうな捨鉢が、そのまゝ受け容れ難いなら、「詩精神とは事物の中心に直入する精神である。事物の關係を極限の單位に追ひつめて、その實相を爬羅剔抉し、更に醱つて新を生む精神である」（高村光太郎）といふやうな言葉だつて信用出來ない。詩が、詩人自身の中にあるときの或る偏向すら理解することも容易ではない。況んや、その「狭さ」の意味は。

20

詩がその周圍に吸引し集積する物の量は愕くべきだ。詩を語ることは、實はそれらの詩を包圍するところのものを語ることである。チャペックか誰かの童話に出てくる狡猾な商人は、指先で地面に小さな圓を描いて、この圓の外の土地を全部頂きたうございますと言ふ。詩人、詩について語る、又、その類だ。

21

詩の周邊に押しよせてゐる散文だけはわかる。それがわづかに詩の純粋性の意味だ。

詩について其他のことはまだ不明である。

× × × ×

『夜の機關車』について

金子光晴

岡本君の詩集「夜の機關車」が出た。よみ終つて一種の貧困を痛感した。この貧困こそなかなかくせ者で岡本君の正直さを現はすものである。詩は今日じつに花やかである。土井晩翠時代と同じ位多彩で、兒玉花外に匹敵する位ロマンチックな詩歌全盛時代を展開して居るが、岡本君は正に、貧困さによつて、この時代の詩人諸君からかけ離れてゐる。

しかし、岡本君の作品の貧困は、彼の精神の貧困とは無關係である。作品の貧困のなかに彼の誇りがあるかもしれない。

貧困の原因は、彼が、貧困を貧困でない顔をすることができないところにあるのだらう。とに角、近來の立派な詩集だと思ふ。

淺春記

金谷丁

雨もやひした晩はかすかにドブがにほふ。

何處かで梅も咲いてゐて、風の具合でドブの臭ひと梅の香とべつべつに匂つて來る。

×

炭火の「朱」

木炭の「黑」

新灰の「白」――これらは日本の色なんださうだ。
しかし、炭火が起るときの惡いあふりは、濕りがちな情念を中々
乾かさうとしない。

×

のめりさうな鶏小屋。
白い鶏は黒い鶏に寄り添ひ、ときどき、ククウと含み鳴きしてゐることがある。
低い處で、なんの夢を見てゐるのか。

×

此の町に馬車が復活した。
シャランホランと鈴を鳴らしてそれが今僕の家の前を通つていつた所だ。

×

梅香と、メタン瓦斯と、ちやんぽんに立昇つてゐる此處の界隈。
暈《オボ》ろに赤らんだ町空から
何か不明瞭に反撥して來るものがある。

×

金釘流の僕の標札。

×

僕は併し夢見ることがある。
眩しい程の、乾燥した、きらびやかな空虚――

×

濕つぽい微温が僕のアバラ家にペンペン草を育ててゐる。

朝

宮崎　譲

蹴破るごとく
雨戸を鳴らし
まつさきに家をとびだすのは子供達
やはらかい拳は
愛のごとく強く
防火用水槽の
はりつめた氷の厚皮を打破る
莞爾と笑みをたたへる瞳は
いたづらつぽく朝日にくだけ

まつしろい齒をむいて
サクサクサク
サクサクサク
霜柱を踏みくだいてまはる
彼等の小廣場の片すみには
寒風や霜にたへて
ひとかたまり
ひとかたまり
雜草の簇生がある
背の高いのや　まるつこいのや
まちまちな彼等の數が增し
聲高に喚き　雜草を踏みしいて
朝日のなかに彼等がゐる
岩のやうにひとかたまりになつてゐる
なにかまぶしく耀いてゐる。

史蹟について

倉橋顯吉

ここに曾て日本外史の稿成り、かしこに阪本龍馬
中岡愼太郎が兇刄に斃れた。大村益次郎は木屋町
に要撃され、高瀬川畔の池田屋騒動。行けば東に
高山彦九郎の像があり、伏し拜む京都御所の、蛤

御門は今なほ維新前夜の彈痕をとどめる。

山紫水明の處。この町を背景に血なまぐさい歴史の幾十百頁が書かれたが、さて、それら近世敍事詩の主人公たちが揃つて何處かの僻地に生れ海や地平の茫々をみつめて育つた連中であることを思ふと、他國に生れた僕はふしぎにたのしい興奮をおぼえる。

『黒潮回歸』を讀む

岡本潤

世に難物と稱されるものがある。どうも厄介だ、手にをへない、などといふのが難物に對する世人の口吻である。だが、難物には難物としての魅力がある。坦々とした平野の道よりは嶮岨な山道の方が歩きがひのある樣なもので人物でも書物でも、難物といはれるものに特有の拮据性や抵抗感はそれだけでたしかに一つの魅力をもつてゐる。

わが吉田一穂も、やゝもすれば難物視される傾向があるが、それは必ずしも彼の思想するところのものが難物なのではなく、彼の獨自の表現に由來するものである。さう見られることは、彼にとつては不服かも知れぬが、彼は思想家・哲人の部類でなく、徹底徹尾藝術家・詩人なのである。藝術家としては誇張でなく、日本にも稀なる藝術家の一人である。彫身鏤骨といふ言葉があるが、彼の詩・文章くらゐ彫琢をへたものはちよつとないだらう。彫琢のマニアといつていゝくらゐだ。その點、おそらく彼は近代的でない。近代ジャーナリストには彼の眞似はできないし、彼にはジャーナリストらしい文章はとても書けまい。彼が出來合ひでなく生粋の藝術家である所以だ。そして彼が一字一句の表現に身を彫るだけそれだけ彼のスタイルやフォルムに難物的魅力が加はるのである。

近著評論集「黒潮回歸」において、彼は日本の火山列島的風土を背景とした、日本的な、最も日本的な浪漫主義者としての氣勢を示してゐるのだが、それでゐて彼が世のつねの「日本主義者」とどこか調子が合はず、孤高といつたやうな感じをあたへるのは、蓋し彼の表現の難物性によるものだらう。その點、本質的にゲルマン人であつたニイチェがドイツにおいて孤獨であつたのと相似性を感じさせる。日本的浪漫主義者といへば、保田與重郞とか、淺野晃とか、中河與一とかいふ人達が代表してゐるやうだが、吉田にくらべると、その人達の「日本的浪漫」はどこかなまぬるくて、血のうすい感がある。文體から受けるものでも、浪漫的といふよりはむしろ「近代的」であり「文化的」であり、「合理的」であり、「說得的」である。つまり浪漫を主張しながら、文章の性格としてのリベラリズムから脫け切つてゐないものがある。これは、その人達がリベラリストだといふのではなく、身についた文章の性格といふやうなものは一朝一夕に脫けられぬものだといふ話である。それだけポピュラーであり得るわけだ。

　この人達にくらべると、吉田の日本的浪漫は烈しく荒々しい。彼の浪漫は元初的な神話民族に發祥し、荒海と火山を母胎とする。

「素盞嗚命は海の梟師であつた。かくて我々の祖神たちは北回歸線を越えて北進した。水天さだかならぬ澎湃たる怒濤の中に、火を噴く列島を望んで、彼等の夢と血は如何に昂まつたか！　太陽の出づる海は、すでに彼等のファーターランドであつた。アトランテスこそ、この海の底になくして彼等は何處より來り得たか！　海は聲高く歌ひ、魚は湧き立つてゐた。彼等は日本列島の脊梁を踏んで、天地創業の雄叫びに雲呼び、波に應へて、とどまるを殘し更らに新たな夢と混沌の中へ船出していつた。氷霧の彼方から、今なほ我々の胸にひゞいてくる波の鼓動の荒神たちの歌をきく。極に觸れて殆ど痙攣的な激情の飛沫を浴びるのは、血の遠きエレマンが、我々の内なる神性を呼び醒ますからである。これ余が史前謊誕の幻想と做すも、敢て、神話は過去の殘影ではない。それは民族の理想であり、內に潜めるものの觸發を待つばかりな『血の實現』ではないか！」（極の誘ひ）

　この浪漫的な思想そのものは、決して難物ではない。むしろ單純にして素朴、明朗な調子のものである。「太平洋は日本民族の生活圈である！　西半球の海賊の裔から、東方植民地を倂放することこそ、地と血の欲する自明の理である。」（黑潮回歸）といふとき、彼は別だん獨自の意見を述べてゐるのでなく、現在日本の普遍的にもつ大東亞共榮圈の理想を語つてゐるのだが、それにつゞく文章は彼獨自の彫琢によつて光彩を放つものである。

「太陽に發して血行し、タスカラロ海溝を劃つて東する黑潮回路の大圈は、自らに日本の生命線でなければならない。何んとなれば、我等の血は極東にあり、血は太陽に發して、そのふるさとに歸る。アゥストラル、アージェン！　あの天に氾濫する強烈なインデゴー！　赤道を越えて、新しく滿潮の星は四季の燭を捧げて生誕する。永遠なるものへの指標に、世紀の混沌を示して傾く黃金の磁石・南十字星《サザン・クロッス》よ！　幻耀の渦をまいては泡立つ水脈の大律動、その闇々たる底流に乘じて、世界は何處へ行くか？　黑潮こそ、その大圈に生を享けたる海の族の永生回歸である！」

　こゝに彼の本領がある。彼が難物的思想家・哲人の部類でなく、徹頭徹尾、藝術家・詩人であるといふ所以だ。『俳句の辨證法的構造』や『月の民』の日本詩歌史など、彼のシステムを發展させたものであらうが、歸するところは一つである。難物性はいつでも彼のレトリックにあるのだ。

（一路書苑刊、一圓八十錢）

路程標（長篇第六回）

赤木健介

第二十信

晝食の時間は、一日の中で一番樂しみです。朝からの一仕事で、些かの疲れをおぼえたのを忘れ去り、輕いランチを攝つた後に、紅茶を啜り、煙草をふかし、暫らく腦をからつぽにします。あたりの賑やかな人聲、皿やフォークの絶えまない騷音も、苦にはなりません。「心そこに在らざれば、見れども見えず、聞けども聞えず」の實踐です。

いつの頃からか行きつけになつてしまつたこの地下食堂では、一人で卓を占めて、食事が終つてから長い間ねばつてゐても、少しも氣を使ふ必要がありません。給仕の女の子達は皆顏馴染なので、皿や茶碗がまだ空にならないうちから、追ひ立てるやうにそれを奪つてゆくやうなことはしません。外では、さういふ所が多くなつたやうですが。——で、僕は時にはポケットから「ゲーテとの對話」をとり出して數頁讀んだり、時にはくしや〳〵になつた原稿用紙をひろげて、詩やエッセーを書きつけたりします。かうして約一時間は、休息と共に、自由な仕事の時間でもあります。

夜は麥酒を飲ませるので、歸りに寄つて一時間位ぶら〳〵してゆくこともあります。

この桃源鄕はどこに在るかといふことを、僕は中々人に洩らしません。荒らされることを恐れる利己主義からです。が實はそんな心配は不要なので、いつも割に空いてゐるところを見ると、僕の主觀に桃源鄕と映ずるだけで、他の人にはさうでないのでせう。

冬ならば紺のユニフォームを着て、白い前掛を後で結んだ少女たちは、外の店のやうにしよつ中顏觸れが變るといふこともなく、ここ半年位は見慣れた連中ばかりです。それは常連にとつては、親しいことです。

どんな家に生れて、かういふ所で働いてゐるのか。マスターから行儀作法を敎へこまれて、紋切型に「いらつしやいませ」といひ、客がたづねる料理の內容を微笑みながら説明したり、「遲いぞ、何してるんだ。」と怒鳴りつけられても、「濟みません。」とおとなしく答へます。いぢらしいペーソスを誘ひます。併し、ひまなときには、勘定臺《レジスター》のところへ一列に並んで、枝にとまつた小鳥のやうにぺちや〳〵喋つてゐます。それを見ると、樂しさうで、幸福さうです。

いまも、僕が「妖精《フェヤリー》」と綽名をつけた、十四五の子供のやうに小柄で（實際は二十歲前後なのですが）、絕えず快活に飛び廻つてゐる子が、いつもは可愛い聲を張り上げて、「ミート・サラダおねがひ！」とか、「ツー・ティー！」などと叫ぶのが、隣りの子と押しつくらを始めて、

「このおつちよこちよい、絞《し》めちやふぞ。」

などと、男の兒のやうに亂暴な口調で、怒鳴つてゐます。

「フェヤリー、ちよつとおいで。」

と僕が手を擧げてさし招くと、笑みまけて、前を埋めた金歯をあらはしながら近寄つて來ます。この子は、僕から可愛がられてゐることを嬉しく思つてゐるのです。

「なんだ、男の兒みたいに亂暴な口のききやうをして。僕は男の兒を戀人にはしないぞ。」

といふと、口を尖らせて、

「だつて、アンちやんがいけないのよ。私の賴んだ註文《オーダー》忘れてしまつてるんだもん。おかげで、私がお客さんから怒られるぢやない?」

さういふところはやつぱり女の兒です。

もうひとり、僕と仲よしの「ケーティー」といふのが居ます。「アルト・ハイデルベルク」のケートヒェンから採つた綽名です。年は二十二です。自分で、正直にそれをいふ位、素直な娘です。彼女ら同士で話してゐるときには、中々お喋りもするのですが、僕のそばへ來るとおど〱して何も言へないのです。ただ、そばを通るときに、「いらつしやいませ。」といふ挨拶を低い聲でします。また、階段のところですれ違ふと、につと恥しさうに微笑みます。フェアリーは子供らしいところがあるので、僕も甥や姪をからかふときのやうに、頭を撫でたり、冗談を言ひかけたりしますが、ケーティーにはさういふわけにはゆきません。まだ成熟しないが、併し成熟しかけてゐる女性のいみじい貴さが、何かハッとさせるときがあるのです。

僕にはケーティーといふ名前で、三人のドイツ文學の女性が想ひ浮べられて來ます。一人は今言つた「アルト・ハイデルベルク」のケーティーですが、他にクライストの「ハイルブロンのケートヒェン」と、ゲーテの最初の戀人だつたライプチッヒのケートヒェン・シェーンコップがあります。僕のケーティーは、その三人をつきまぜたやうなところがあります。さういふと、實にすばらしい少女のやうですが、それほどでもありません。ただ心が淸らかで、物に感じ易い點は、三人のケートヒェンに似通つてゐるといへませう。

その他の連中にも、僕は一々綽名をつけました。「大同の石佛」とか、リリアン・ハーヴェイとか、ジョニー・ウォーカーとか。その理由は一々說明しませんが、つけられた彼女たちには皆ぴんと來るやうです。或る筋骨逞しい子に、「双葉山」といふ綽名をつけたところ、彼女は怒つたのでせう、――一週間ばかりツンとして僕を見向きもしませんでした。

ケティーのことですが、僕はシュニッツラーの小說や戲曲にあらはれる維納《ヴィーン》の娘をよく聯想します。süsse Mädel（おぼこ娘）といはれる、愛情にひたむきな少女、それは何か日本的なものさへ感じさせる身近さがあるのですが、若い女性の普遍的なタイプではないかと思ひます。「ファウスト」のマルガレーテはその典型的なものです。或は蕣枝も、和子も、それに共通なものを持つてゐるでせう。そして、ここのケーティーも、ジューセ・メーデルの要素を多分に持つて居りませう。

それが二十五歲を過ぎると、結婚すればもちろんのこと、オールド・ミスでも馬鹿に勘定高くなり、打算的になる。これも普遍的現象といへるでせう。これは何に基くか。やはり女性の現代的位置の齎すところでせうが、嘗てのジューセ・メーデルが、鐵面皮を恥とも思はないやうになるのは、見てゐて寂しいものです。デーモンに憑かれたごとく、生活も親兄弟も未來もすべて忘れて、ひたすら戀情に殉じようとする、あのジューセ・メーデルはどこへ行つたのでせうか。悲しいまでに純粋な、淸らかで素直な情熱は、歲月の塵埃に埋もれて、一片の屍灰と化してしまふのでせうか。いや、これはつまらぬ感傷かも知れません。

十歳《とを》で神童、二十歳《はたち》で才子、三十過ぎれば並のひと、——その譬喩をここへ持つて來るならば、何とかいへさうですが女性に對してあまり意地わるするのは止しませう。眼の前でケーティーが、不服さうに僕を睨んでゐますから。

併し僕が、地下室の少女たちに對して感じてゐるものは、さう突きつめたものではありません。言つて見れば、少年の日に少女に對して感じたやうな淡い愛惜を、取り戻したいといふ氣持に似てゐます。と同時に、和子からは滿たされないものを、この可憐な連中から得たいといふ氣持も無くはないやうです。和子と彼女らは、年頃は同じ位です。併し和子の知的水準は遙かに高く、その實踐力は强大です。和子には白痴性といはれるものがない。打算的ではないにしても、實にりこうです。少女たちも、もちろん白痴的と言ふことは出來ませんが、白痴性を幼いといふことと同意義に押しつめてゆくことが許されるならば、確かにこの少女たちは白痴的なものを持つてゐます。それに惹かれることが、これまた白痴的であるならば、僕も一種の白痴性を具へてゐる人間のひとりだといへませう。ドストエーフスキーの「白痴」の主人公ムイシュキン公爵にくらべて、僕のたましひはもつと暗く、もつと汚れてゐますが、多少はそれに似通つたものが無いでもないでせう。僕らが、女の白痴性に惹きつけられるやうに、僕に存在してゐるデモーニッシュな白痴性が、風貌いたつて醜い僕にも、時として艶聞を生ぜしめるのではないでせうか。白痴性とは、功利打算に充溢してゐる此の時代に、或は、貴重な純眞さの存在を立證してゐるものかも知れません。僕は、さうした意味で、自分を白痴と言はれることは、ちつとも構ひません。むしろ光榮に思ひます。（少しくどいですね。）

但し、いまこれを書いてゐるのは、例によつて地下室の麥酒のせいなんですから、論理的に反駁されると困ります。併し僕は、白痴性の哲學を考へたわけなのです。近頃の人間はあまりに悧巧すぎる。時には純眞白痴のごとき存在があるのも、一服の清涼劑になりはすまいか、——但しこれは多分に自惚れです。

ケーティーよ、フェアリーよ、君たちが二十五歳を過ぎるまで、白痴的に純粋であれ、——さう念じながら、僕は漸く席を立つたのです。

冬霧の深い夜でした。童話に似た間奏曲が、軟かに耳の中で蜜蜂の唸りを繰り返してゐました。

第二十一信

僕は、自分がもつと若くて、青春の名に値ひする年頃であつた頃、それが青春なんだとは意識しませんでした。その頃は、朝下宿を出ると、一直線に學校へ行き、課業が濟むと圖書館に廻り、夕方黄色い汚點のやうな暗い燈光が書物の上にぽとりと落ちると、飯を食ひに下宿へ歸りました。夜は、友人から借りて來た本を讀むか、內職の飜譯をするかでした。酒も飮まず、映畫も見にゆかず、友人と喫茶店などで漫談することも少く、蝙蝠のやうに單調な生活をしてゐました。學校を中途で飛び出してからも、言はば家々の影を傳つてばかり步いて、日のくるめく土壤の上に立つて、伸び伸びと兩手を擴げたことはなかつたやうに思ひます。もちろん、その間にも、激しい鬪ひはありました。戀愛も欲情もありました。併しすべて、ヴラマンクの繪のやうな、暗い色調に塗られてゐました。

ところが、今になつて、靑春といふことを、脅迫觀念のやうに絕えず考へるやうになつたのですが、——實に不思議な現象ではありませんか。壯年期に入つた肉體は、ぽつ〳〵頭の毛がうすくなり、眼は濁り、皮膚がかさ〳〵になつて來たのに、心はセンチメンタルな夢想に陷りがちで、ちよつとした刺戟にも敏感に反應し易いとは！

晩生の果實のやうに、夕暮の赤光のやうに、これは一つのずれ《かい》現象に外なりません。達觀すれば、まあかうなのですが實はそんなに落ちついてゐるわけではないのです。時々焦つたり、失敗を演じたりします。

この間も、こんなことがありました。

和子は、めつたに僕と二人だけで會ふといふことがなく、大抵友だちを誰か彼か連れて來ます。

「君はいつも、オブザーヴァーを連れて來るんだね。」

と、僕は或る時、冗談に言つたことがありますが、僕のデーモン的な行動を警戒するためか、それとも自分の友人たちに僕との交際を自慢するためか、それはわからないのですが、とにかく彼女がオブザーヴァーを連れて來ないことは稀でした。そして、さういふ時に限つて、會見はなだらかにゆくものでして、二人きりで會つたときには、お互ひに默りがちで窮屈な感を免かれないのです。

ところで、先日は、僕が約束の場所へ出かけてゆくと、若い青年ばかり三人來てゐました。和子は三人を巧みな手捌きで、僕に紹介しました。彼女は、實に練達の社交家でした。

そのとき會つた青年のひとりは、彼女が十四五の小娘だつた時、或る新聞社の給仕をしてゐた頃からの知り合ひだといふ話で、ツルゲーネフの小說にでも出て來さうな、氣が弱くて、而も表面はまことに快活で、小氣味よいほどすら〳〵と喋りました。眼は少しおどけたやうに開く、齒は蝕《ひしく》ひだらけでしたが、背はすらりと高く、髮の毛はしなやかで、全體の印象は好もしいものでした。彼が僕の詩をどこかで讀んで、一度會はせてくれとせがむから、連れて來たといふのです。もちろん、さういふ場合が常にさうであるやうに、會つたからとて別段の話も出ませんでした。人見知りをする僕が默つてゐると、青年もちよつと御愛想を言つたきりで、それ以上詩の話も人生の話も展開されなかつたのです。これは大いに助かりましたが、そのうちに會話は、僕を置いてきぼりにして、彼等の間でだけのコースをとり始めました。

和子の「悪癖」は、同座者のすべてに對して、公平な心づかひを示しながら、而も時々、話してゐる特定の相手にだけしかわからないやうな、個人的な話に移るといふことにあります。それを悪癖といふのは、些か苛辣な評言になりませうが、たとへば僕と話する場合でも、そばにゐる他の人々を無視して、僕等二人しか知らない人物の噂や、僕等だけの內密な問題に觸れます。僕はそこに自分への信頼を感じもするのですが、他の同座者がどう思つてゐるだらうと、氣を使ひます。併し彼女は、さういふことは平氣なのです。

この場合も、彼女には僕が固意地に默つてゐるからだと、理由づけられたかも知れませんが、僕が同座してゐるのを全く忘れたやうに、青年らと次から次へ話してゆくのでした。その內容は全然僕の知らないことばかりであり、そればかりでなく、會話の調子は兄妹のやうに、または言ふことを許されるならば戀人同士のやうに、親しみに滿たされたもので、彼女が僕に對するときも隨分フランクな話方をするのですが、それとは別趣の、言はばそれ以上の、親しさを示してゐました。僕はそれをそばできいてゐて、內容がわからないで退屈する以上に、もつと強いもの、すなはち嫉妬を感ぜぬわけにはゆかなかつたのです。（この子供たちは、戀人同士ぢやないかも知れない。だが併し、何と朗らかに親しいことだらう。俺にはさういふ生活的雰圍氣が無かつたといふだけでも、嫉妬を感ずる根據は有らうではないか。）

そんな風に考へて、僕はいよいよ佛頂面をしてゐました。

別れるときに、青年が、

「またお目にかかつて、色々とお話を承りたいものです。」

と言つたときにも、僕は白い歯を見せることとさへ出來なかつたのです。

後で二人きりになつて、近くの驛に向つて步いてゐたとき、和子は、

「宇野さん、何を怒つてらつしやるの。馬鹿ね。貴方を人に紹介するとき、いつも困るのは私だわ。つまらないことに腹を立てるんですもの。偏狹といふものよ、それは。もつと心を廣くしなくちや駄目よ。――まるで、子供ぢやないの。」

「だつて……。」

「だつて、ぢやないわよ。」

と直截にたしなめられました。

ところで、今、その時のことを、執念深く考へめぐらしてゐるわけなのですが、要するに僕にめぐつて來た遲咲きの青春は、何か實體の作はない觀念的なもののやうに思はれるのです。僕は、誰よりも浪漫主義者である、――白井やその他の青年たち以上に、非打算的である、狂暴なほどひたむきである、デモーニッシュに純粹である、――さうしたことが、何の慰めにもならないのです。本當に青春を生きてゐる若い世代と引きくらべて、もはや肉體的に凋落の兆を示してゐる自分は、對抗出來ないのだと思ひがちです。

白井との抗爭が、さうした意味を持つてゐたのではないか。いや、葦枝や和子に對する愛情が、僕たち古い世代と、新しい世代との嚴しい對立を意味してゐるのではないか。遲咲きの青春を裏づけるものは、盛り上つてくる若い世代の壓力に促されて、それと一つにならうと思ひながら、而も世代の相違を如何ともすることが出來ないで空しく敗北してゆく宿命なのではないか。自分は青春について考へ、それを讃美してゐるが、恰も一種の挽歌に似たものではないか、卑俗に自分は、若い世代に媚びてゐるのではないか。――そんなことが次から次へと考へられて來ます。

僕は若い世代に、物神崇拜的《フェチッシュ》な恐れを抱いてはゐません。併しそこに、自分の持たない何かがある、といふことを感じてゐます。何よりも、戀愛なしに、和子が若い青年らとつき合つてゐるといふことは、畏れを誘ひます。自分には出來ない。自分が、もしさういふ狀態に置かれたなら、すぐ戀情に陷つてしまつふだらう。いや、彼等はまだ幼いから、平氣なのだ。彼等だつて、もう少し年をとれば、平氣では居れなくなるだらう。――そんなことを色々考へながら、併し、心は慰まないものがあります。

結局、僕は、青春といふものを、今にして愛惜してやまないのです。畏怖してやまないのです。もうそれは、自分から急速に脫走しつつあり、自分が青春について何かを考へるのは寧ろ無駄だ、――と考へながらも、胸がわく〳〵するのを禁じ得ないのです。

ここに、古い世代と新しい世代との交涉に關する、極めて本質的な、重要な課題が橫たはつてゐるのかも知れません。

第二十二信

前の手紙に、青春について些か泣言めいた讚辭を書きましたね。それについて、もう少し補足しておきたいのです。

自分個人の問題を離れて、僕は青春の意義を高く高く評價するものです。些か政治論めきますが、國民のひとり〳〵がその生涯の間に青春を強く感ずるやうな國は、その前途洋々たるものであると思ひます。ひとの國のわる口を言ふのではありませんが、嘗て偉大であつたギリシャやスペインなどの國に、現在青春を味ふ餘裕があるのでせうか。なるほど、その青年は、年頃になれば戀もするでせうし、若さを樂しみもしませう。併し沒落した國民には、殆んど希望といふものがない。政治的躍進も、文化的創造も、望まれないやうな暗澹たる狀態しかありません。さういふ國民の青春はミゼラブルなものです。

日本は歷史の古さにおいて、最古の諸文明國に列することを誇り得るばかりでなく、エジプト、アッシリヤ、ギリシャ、支那、印度等が衰敗したのに引きくらべて、不盡の生命力を以て、歴史の全時代を通じて、絶えず向上躍進して來た唯一の國であります。言ひかへれば、傳統の古さに於ては、充分老年性を體現して居りながら、いつまで經つても青春の情熱が失はれない奇蹟の國であります。それを思ふとき、僕の心は振ひ立ちます。まことに祖國は青春の國です。

それだけに、爲政者の政策にも、さうした若々しい情熱が無ければならないと思ひますし、國民の氣魄も、青年の潑剌さに溢れてゐなければならないのです。それがためには、青春に對する讃美が、常に惜しみなく行はれねばならないでせう。

考へて見ると、僕の色彩に乏しい青春期も、決して暗い憂鬱なものではありませんでした。「ふさぎの蟲」やトスカの奴隷ではありませんでした。華やかな躁宴こそ無けれ、甘美な戀物語こそ無けれ、僕はエネルギーに充ち溢れ、孜々として勉強しました。希望は燃え、野心は大きく、笑止ながらも、シーザー、ナポレオンを夢みることとさへありました。それが青春でなくて、何でせうか。

そしていま、すでに肉體は青春の國境を越えたとはいへ、心はまだ硬化せず、些か感傷的ではあるが、物に感受するセンシビリティーを保存してゐるといふのも、民族の不滅の青春性と相通ふところがあるといへませんか。いや、大へんな自畫自讃です。貴方の苦笑が眼に浮ぶやうです。併し三十になるかならないかだのに、早くも老成圓熟の風を示す人が多い昨今、僕のやうに風變りなセンチメンタリストが居るのも、無意味ではありますまい。地下室の少女たちに、ゲーテが「西東詩集《ディヴァン》」に敍述してゐるやうな、寛潤なハーテム的愛情を濺ぐのではなく、或るデモーニッシュな肉迫を意識させるのも取柄がないでもないやうに、思はれるのです。

センチメンタリズムといへば、つひこの間、すぐれた詩人として僕の尊敬するZ氏に會つたとき、先生は明治・大正の文學を回想しながら、かう言ひました。

「結局、明治・大正の文學を支配してゐたのは、センチメンタリズムだつたのだよ。今になつて、僕はその頃を、さうだつたと、はつきり言へるんだが。――そして君、文學なんていふものは、センチメンタリズムを離れて生れ得るものか、どうかね。島崎さんだつて、獨歩・二葉亭だつて、或は芥川龍之介だつて、みなさうだつたのだ。そしてそれを、間違つてゐたとは誰も評價し得まい。」

いくらかシニックなところのあるZ氏でしたが、その言葉には眞實がありました。僕はその示唆に同感しました。尤も僕が冷徹な文學史家に立ちかへるときには、文學の本質が感傷だとは言ひ切れません。感傷はひとつの段階であるが、それを突破しなければ偉大な文學は生れないと考へるのです。而も、わが民族が永遠に青春の泉に沐浴してゐるやうに、わが文學にも常に青春の讃歌が奏でられなければならない、――そのためには、明治・大正期文學のセンチメンタリズムがもはや回歸し得られない過去の契機としてではなく、常に新たな意味づけを以て、省察し直されねばならないと考へます。

だが、青春だけが讃め頌へられるべきものであるか? さうとすれば、壯年者や老人はぶつ〳〵言ふでせう。もちろん僕の考へてゐることは、無際限な青春禮讃ではありません。ただ國と民族とに、永遠の青春があるやうにと祈つてゐるだけのことです。一方、壯年も老年も、まことに美しく、尊敬に値ひするものです。併し、その美しさは、一たびは青春を通りすぎて來たといふことを、前提に持つてゐるものでなければなりません。生れながらにして、老熟したものは、ちつとも美しくありません。

或るとき〳〵僕は電車の中で、老婆と少女が並んでゐるのを見ました、その二人は、僕が乘つてゐる間に、少しも會話をしませんでしたので、果して關係があるのか、それとも全然別の者なのかはわかりませんでした。併し、凝と見くらべると、黄色く萎びた老婆と、豊かな頬に白桃のやうな生毛のある少女との間に、色々と共通點のあるのが感ぜられました。で、僕は、これは祖母と孫娘なんだ、と勝手に想像しました。實は、さうでなかつたのかも知れませんが。

その想像は、どういふことに發展したとお思ひになります?

まづ最初には、この美しい孫娘も、年と共にその頬は褪せ、眼は曇り、髪は赤ちやけて、隣りにゐる祖母の通りになるのだ、——といふ宿命的な哀惜の感でした。醜惡な老年に對する、限りない嫌忌でした。ところが、しばらくして、思考が逆コースを辿つて流れ始めました。つまり、この老婆も、嘗ては孫娘のやうに花やかな春を持つてゐたのだ、それが歳月の風霜に打たれて、かういふ灰色の野原に化してしまつたのだ、——といふ想念です。こんなにも皺が寄り、醜くなるには、彼女は隨分苦しい生涯を持つたに違ひありません。その間に子供を生み、孫を育て、色々な恥辱を感じ、喜びよりは悲しみを多く經驗して來たに違ひありません。さう思つて來ると、その皺苦茶な顏が、一種の光背にぼんやりと輝かされてゐるのが見えるやうです。もはやそれは、醜いとはいへないどころか、廢墟の示す美しさに滿ちてゐます。……

で、僕は青春に對して限りない愛着を持つと同時に、老年に對しても深く心を惹かれるのです。

僕は職業柄、文壇や學界の名士たちに會ひにゆく機會が多いのですが、その中にはまだ若い人も隨分居ますけれども、もうすでにその事業をがつしりと組み立ててしまつた老大家に會ふことも稀でありません。老大家は概して人に會ひたがらぬものです。併し雜誌記者には、よほど氣むつかしい人物でない限り、門をひらきます。それは、僕らの惠まれた特權です。

この「特權」を利用するといつたら語弊がありますが、僕はつとめて老大家に會ふ機會を逃さないやうにしてゐます。

僕はそれを、自分だけのとくべつな意味を含ませて、「巡禮」といつてゐます。もちろん、雜誌に原稿をとるのが主要な目的ですが、その外に、全く私的な、言はば自分の人生修業のために、老大家の風貌と氣魄から何ものかを學びとつてくることが、潜まされてあります。そして、この巡禮は、いつも何か收穫して來ます。穀物は實つてゐるからです。

老大家は、ごく例外的な場合を除いて、みな愛想よく、鄭重であります。京都の或る老哲學者は、僕如き若造が辭し去るときにも、玄關に正座されて、頭を下げられました。僕は恐縮して、穴にでも入りたいやうな氣がしましたが、外へ出て少し歩いてゐるうちに、熱い涙が湧いてきました。

老大家は、また、決して、「ぶる」ことがありません。自分たちの大きな業績を、みな忘れ去つたものの如くであり、茫然として居られます。併し、僕が生意氣にも何か質問すると、誰も循々として、あくまでわからせようといふ風に説明してくれます。默座してゐる時、前には測り知れない深淵が靜かに横たはつてゐるのだと感じます。

憎まれ口になりますが、大學の助教授・助手級の人々、文壇では中堅作家と言はれる人々は、全部とはいひませんが、全く老大家と反對に倨傲で氣負つた人物が多いのを感じます。彼等も年と共に圓熟し、謙虚になつてゆくのでせうが、僕には、優れた老大家が、嘗てはこれらの助教授連と同樣、倨傲な時期を持つたのだとは考へられません。やはり質的に異るものがある、――言ひ換へれば、これらの倨傲な助教授連の大部分は、やがて成長がとまつてしまひ、老大家の域には達しないだらうと思ふものです。

最近會つた老大家で、僕を深く感動させたのはR先生でした。明治文學の草創期に、他の天才たちと共に光輝を放ち、同時代者が次第に世を去つた後を生き續けて、たゆみない努力と深い研學に、天狼星《シリウス》のやうに孤高な光りを今なほ示して居られます。色々な文人の書いたものを讀むと、R先生と一度會つたことの記憶が、貴重な珠玉であるかのやうに書かれてあります。それに引きくらべ、職業柄、木戸御免でいつでもお目にかかれる僕の幸福は、大したものです。

高齢の先生は、冬の寒さに弱いので、御殿場へ避寒されます。先日、どうしても原稿を新年號に間に合せねばならないので、それを頂戴に御殿場の宿屋へ出向きました。

番頭に案内されて、障子をあけると、先生はからだを横にして、假睡されてゐるやうでした。

「お客樣で御座います。」

と番頭が呼びかけると、ゆつくりと體を起されました。

「おお、君ですか。御苦勞樣。」

と、まづ暖い挨拶でした。僕は遠慮をせずに、黑塗りの卓の前へ行つて座りました。その上には老眼鏡と、數冊の商務印書館本の「杜工部集」があるだけでした。

先生は、東京の樣子や、國際情勢の變化などに關心を持つて居られました。ミュンヘン會談、支那事變解決の三原則聲明、内閣の更迭など、色々な問題が話頭に上りました。――しばらくさうした話をしてから、用件に入り、それも濟ませて引下らうとしますと、

「疲れたらう。今夜は泊つて行つていいのでせう。晩に一緒に御飯を食べようぢやないか。まあ、風呂へでも入つて來なさい。」

と言はれます。無上の光榮に感激して、多少はその豫定もあつたので、別室へ行つてどてらに着かへました。そして、朝慌てて出て來たので、鬚を剃らなかつたことを思ひ出し、ちん〳〵鳴つてゐる鐵瓶の湯を茶碗につぎ、鏡臺の前へ座つて、それで顏に石鹼を塗つて剃りかけました。

その時、障子があいて、腰が曲つてゐるために歩行の不自由な筈の先生が、よち／＼と歩いて入つて來ました。僕は驚いて、顔を石鹼だらけにしたまま立ち上りました。先生は、にこ／＼しながら、

「おお、この部屋でしたか。どんな部屋へ通されたかと思つて、心配して來たのだが。ここならいい、ここならいい。富士もよく見えるしなあ。」

それだけ言つて、またよち／＼と、可なり離れた自分の部屋へ歸つてゆかれました。僕のその時の氣持は、何とも言ひあらはしやうがありません。誰のであつたかわからないが、以前に夢の中で、同じやうな優しい音調の聲をきいたことがある、――さういふ氣がしました。

風呂から上つて、日沒までにはまだ二時間位あつたので、直ぐに先生の部屋へ行くのは避け、寒い落日に照らされて、しばらく野道を歩いて來ました。先生はとても話好きで、僕の方が默つてゐても、色々とトピックを探してくれるのですが、何分にも老體のことですから、お疲れになることを恐れたのです。可なり暗くなつてから部屋に歸り、或る雜誌から頼まれた書評のために、T氏の詩集を數頁讀んでゐると、障子をあけて番頭が顔を出しました。

「御飯の仕度が出來ましたから、先生のお部屋へおいで下さい。」

――一體、宿屋の番頭といふのは、槪して不愉快な存在でして、その型にはまつた卑屈さと、腹の底のわからない圖々しさとは、旅慣れない人間にとつて、不必要な臆病を呼び起させるものですが、この旅館の番頭は、さうした警戒を解くに足るやうな、善良な印象を與へるものがありました。

先生の部屋へ行くと、あまり悧巧さうでもない女中がゐて、もう卓上に皿やお銚子が並べてありました。この女中がまた、小娘らしい善良な感じを與へるのでした。先生は、彼女がお氣に入りだと見えて、

「これは、僕が專門なんだが、どうも外へ遊びに行きたがつていけない。今日も、東京からせつかくお客樣が來るといふのに、晝からどこかへ行つて、お茶一つ出せなかつたわけだよ。一體どこへ行つてゐたのかな。山の向ふの姉さんのところへでも行つてゐたか？」

　とからかふのです。

「いいえ、今日はさうぢやないです。活動の撮影があつたんで、それを見てゐたんですよ。」

と、女中は素直に答へます。二三杯、お猪口を乾して、少し陶然となられた老先生は、

「この寒いのに、活動寫眞屋が來ると、俺《わし》をおいてきぼりにして出かけるのかな。」

「さういふわけぢやないんですけれど、田中絹代さんが來たのでね。」

　田中絹代といふ名前は、七十五歳の老先生には見當がつかないやうでした。

「東京から若い人が來るんだと、前から言つておいたではないか。お前たちには、同じ若い人でも、田中絹代とやらの方が、ずつといいんだな。」

　女中は返事のしやうもなかつたと見えて、默つてしまひました。僕も思はず苦笑しました。先生は一合が定量だといふことでしたが、僕は若いだけに、いくらでも飮《い》けるので、遠慮なく盃を重ねました。飮むほどに、醉ふほどに、僕も活氣づいて、色々な質問をし、靑くさい意見も述べました。併しそれは、ここでは書きません。色々と先生を叩いて得たところは多いのですが、先生をゲーテに、僕をエッケルマンに比するわけではないといへ、機會があつたら、「對話」のやうなものを書いて見たいと思つて居ります。その機會はつひに無いかも知れませんが、貴重なデータは先生と會ふごとに、書き取つてあるのです。

ただ、あなたにお知らせしたいことは、高潔限りなく、その知識は東洋思想の深遠に徹してゐる先生が、愉快にも小唄を微吟されたことです。

「若い時に、どこかで聞いておぼえた唄を、ひとつ歌はうかな。」

といふ前置きで、うたはれたその文句を、正確に再表現できないのは殘念です。何でも「裏の畑に山椒の木が生えて、抱きついたら刺《とげ》にさされた」といふやうな意味のものでした。女中はくすくす笑ふし、僕も微笑と哄笑の中間で、本當に愉快でした。R先生が、こんなに天眞爛漫な方だとは、殆んど誰も知らないことでせう。

翌朝、仕事の都合で早く歸京しなければならない僕が、まだ暗いうちに先生の部屋を訪ねると、先生は靜かに端座して居られました。

「まだ汽車には三十分ある。さう慌てないでも宜しい。」

と言はれるので、恐縮しながら對座しましたが、昨夜あらゆることを話し盡したやうな氣がした僕は、默然として居りました。窓外には冷雨が降り、聞きなれない鳥の聲がしました。この三十分は、昨夜の三時間にも比して、內容の充實したものでした。

老年の慧智と溫藉を、R先生と共に過したこの二日ほど、しみじみと感じたことはありません。

後　記　長い間貴重な紙面を塞がせてもらつたが、續稿と併せて白揚社から單行本として近刊することになつたので、ここで打ち切ることにしたい。御愛讀を深謝申上げる。（筆者）

編輯後記

猫のヒンツエも、熊のブラウンも、狼のイーゼグリムも、百獸の王である獅子自身でさへも、ライネケ狐の手にかかると、苦もなくばかされてしまふ。狐の策略は至極單純なものだ。猫には二十日鼠を、熊には蜂蜜を、狼には魚を、さうして獅子には、ありもしない魔法の指環を、――要するに、それ〴〵の好物らしきものを、みせびらかしさへすればいいのだ。すると、かれらは皆、たちまち眼がくらんで、狐のほつた陷穽に、たあいもなく落ち込んでしまふ。動物にくらべると、いつさう慾の深い人間をだますことなど、むろん、ライネケにとつては朝飯前の仕事であらう。

しかるに、この中世期の物語の狐は、いつか悪運つきて死んでしまつたものらしい。何故といふのに、今日では、かつてライネケのために塗炭の苦しみを嘗めた愚直な連中が、自己の慾望のおもむくままに行動して、決して泡をくふ心配がないからである。殊に人間の世界では、自分をコントロールできないやつが、素朴面をして大手をふつて歩いてゐる。私は、時々、狐になりたい誘惑を感ずる。これは一例だが、書きたくないのに無理をして詩を書くのは結構だが、詩が書きたいから、詩を書くなどと冗談にもいつてくれるな。（花田）

昭和十七年二月廿五日印刷納本
昭和十七年三月一日發行

特價 四〇錢（送料三錢）
定價一部 三〇錢（外地一割増）
六ヶ月 一圓八〇錢（送料共）
十二ヶ月 三圓六〇錢（送料共）

東京市世田谷區大藏町一八三五 中野方
編輯兼發行人 福池立夫

東京市牛込區揚場町八
印刷人 武宮敏一

印刷所 東京印刷所
電話牛込五一八一番

東京市世田谷區大藏町一八三五
中野秀人方
發行所 文化再出發の會
電話砧四一一九番
振替東京一五七九九六番

東京市神田區淡路町二ノ九
配給元 日本出版配給株式會社
會員番號 一二八〇八五番